ullstein

Das Buch

Als Kiara den attraktiven Unternehmer Mark kennenlernt, eröffnet sich ihr eine bisher unbekannte Welt der Lust: Er verspricht ihr die Erfüllung ihrer geheimsten sexuellen Wünsche, wenn sie sich seinem Willen unterwirft und seine Sklavin wird. Sklavin sein bedeutet, dass Mark von nun an Kiaras Sexualität bestimmen wird und nach Belieben über ihren Körper verfügen kann. Kiara genießt die neuen sexuellen Erfahrungen und entwickelt eine ungeahnte Schamlosigkeit – auch gegenüber völlig Fremden. Beim Besuch in der Wohnung einer Domina verliebt sich Kiara in die dort anwesende Sklavin Alina, was ihrer devoten Rolle eigentlich widerspricht. Doch ihre Gefühle für Alina sind stärker, und Kiara gerät in einen turbulenten Strudel neuer erotischer Erlebnisse.

Die Autorin

Kiara Singer ist das Pseudonym für eine Frau, die tatsächlich in einer devoten Beziehung in Frankfurt lebt.

Kiara Singer

Kiara und Alina

Roman

Ullstein

Besuchen Sie uns im Internet:
www.ullstein-taschenbuch.de

MIX
Papier aus verantwortungsvollen Quellen
FSC® C006701
FSC
www.fsc.org

Ungekürzte Ausgabe im Ullstein Taschenbuch
1. Auflage Mai 2010
3. Auflage 2011

Umschlaggestaltung: HildenDesign, München
Titelabbildung: © Günter Hagedorn, www.hagedorn-photography.com
Satz: Pinkuin Satz und Datentechnik, Berlin
Gesetzt aus der Adobe Garamond
Papier: Pamo Super von Arctic Paper Mochenwangen GmbH
Druck und Bindearbeiten: CPI – Ebner & Spiegel, Ulm
Printed in Germany
ISBN 978-3-548-28175-9

Meiner Liebsten

Inhalt

Am Flughafen

Ein letztes Winken, dann war er endgültig verschwunden. Kiara ging langsam durch die Abflughalle B des Frankfurter Flughafens und wischte sich die Tränen weg.

Was sollte sie jetzt tun? Der Mann, mit dem sie in den letzten fünf Jahren zusammen war, hatte sie gerade verlassen.

Jens, ein vielgefragter Softwarearchitekt, war eben in ein Flugzeug gestiegen, um für mindestens fünf Jahre die Leitung eines großen Bankprojekts in Sydney zu übernehmen. Eine einmalige Chance, wie er sich ausdrückte. Er hatte sich für das Projekt und gegen sie entschieden.

Kiara kaufte sich die aktuelle ELLE, schaute noch mal kurz bei Harrods hinein, um dann gleich nebenan einen Cappuccino zu trinken.

Sie musste erst einmal zur Ruhe kommen, wieder einen klaren Gedanken fassen. Mit ihren 28 Jahren konnte sie beziehungsmäßig jetzt jedenfalls wieder ganz von vorn anfangen.

Sie begann zu rechnen: Läuft es gut, dann habe ich mit 30 einen neuen Freund. Läuft es immer noch gut, könnte ich mit 32 verheiratet sein. Dann wäre noch Zeit für ein oder zwei Kinder. Läuft es schlechter, dann wird es schon sehr eng. Wahrscheinlich bleibe ich mein ganzes Leben lang kinderlos. Denn wen kriege ich jetzt noch ab? Die meisten in meinem Alter sind doch längst in einer festen Partnerschaft. Wer mit 28 wieder ganz von vorn anfangen muss, hat es sehr schwer auf dem Beziehungsmarkt.

Kiara nahm einen Schluck aus ihrer Tasse. Erneut musste sie sich eine Träne abwischen. Es war nicht leicht, in diesen Zeiten sein Leben zu gestalten, zu zahlreich waren die Alternativen und Optionen. Immer dann, wenn man sich für etwas entscheiden wollte, stellte sich gleichzeitig die Frage, ob man dadurch nicht vielleicht etwas verpassen könnte, was noch besser oder größer war.

Ein Paar setzte sich zu ihr an den Tisch. »Ja, bitte, hier ist noch frei.«

Kiara vertiefte sich in die Modeseiten ihrer Zeitschrift. Damit werde ich mich wohl in nächster Zeit etwas stärker befassen müssen. Jetzt heißt es wieder aufrüsten. Die Konkurrenz schläft nicht, überlegte sie.

Beispielsweise die Frau ihr gegenüber. Sie hatte einen superknappen Mini an, Stockings, hochhackige Stiefelchen und ein bauchfreies Top. Sie war ungefähr so alt wie Kiara.

Vermutlich fliegen die beiden in den Süden, vermutete sie insgeheim, um sich dann aber gleich wieder ihrer Zeitschrift zu widmen.

»Wie gefällt dir die?«, fragte der Mann.

»Die ist süß!«, war die Antwort.

»Find ich auch.«

Der Mann war deutlich älter als seine Begleiterin. Kiara schätzte ihn auf ungefähr 50. Er war sehr elegant gekleidet. Ein Lächeln huschte über Kiaras Gesicht. Ein Paar wie Richard Gere und Julia Roberts, dachte sie. Er der erfolgreiche Geschäftsmann, sie das leichte Mädchen.

Die junge Frau im knappen Mini kramte in ihrer Tasche und holte eine Packung Zigaretten heraus. »Entschuldigen Sie, haben Sie Feuer?«

Kiara brauchte einen Augenblick, um zu begreifen, dass ihr die Frage galt.

»Nein, tut mir leid, ich rauche nicht.«

»Oh, schade. Und Sie haben wirklich kein Feuer? Glaube ich nicht.«

Kiara hob den Kopf und blickte irritiert in zwei sie offensiv anschauende Augen.

»Ich bin mir ganz sicher, dass du Feuer hast. Wetten?«

Eine leichte Röte überzog Kiaras Wangen.

Die junge Frau im Minirock nahm ihre Hand.

»Süße, ich wollte dich nicht verunsichern. Ich will ganz offen zu dir sein. Du gefällst mir. Wir wohnen hier im Sheraton. Hast du Lust und Zeit, uns ein bisschen auf unser Zimmer zu begleiten?«

Kiara zog erschrocken die Hand zurück.

»Dir würde es gefallen, ich weiß das.«

»Und was würde mir gefallen?«

»Hast du mal mit einer Frau gespielt?«

Kiaras Gesicht lief nun richtig rot an.

»Nein.«

»Ich würde dir alles zeigen. Wir beide lassen es uns gutgehen, und mein Mann schaut zu. Hm?«

Spätestens jetzt hätte Kiara am liebsten die Flucht ergriffen, aber sie hatte ja noch nicht mal die Rechnung gezahlt.

»Trau dich einfach, Süße. Das Leben ist zu kurz, um keinen Spaß zu haben.«

Nun hatte sie einen empfindlichen Nerv getroffen. Genau darüber hatte Kiara ja gerade vor wenigen Minuten nachgedacht. Es könnte leicht sein, dass ihre nächsten Jahre arm an Sex sein würden. Bisher war sie sowieso erst mit fünf verschiedenen Männern im Bett gewesen. Wirklich befriedigt hatte sie der Sex noch nie, denn immer blieb eine große Sehnsucht zurück. Und nun bot ihr diese Frau offenkundig ein ganz neues Erlebnis an.

»Ich habe überhaupt keine Erfahrungen mit Frauen, daran gedacht habe ich schon mal. Und wie würde das denn so ablaufen? Ich will mich ja auch nicht dumm anstellen.«

»So gefällst du mir schon besser. Süße, mach dir darüber bitte keine Gedanken. Meinetwegen musst du gar nichts tun. Überlass einfach mir die Initiative. Ich schlafe gern mit Frauen. Ich vernasche sie auch gerne einfach nur. Es ist ein schönes Gefühl, wenn eine unter meinen Händen oder meiner Zunge kommt. Und, was meinst du?«

In Kiara stieg ein Gefühl der Wärme auf.

»Ich sehe doch deine Erregung. Mir kannst du nichts vormachen, Süße.«

Sie ergriff erneut Kiaras Hand. »Komm, lass uns aufbrechen. Mein Mann übernimmt die Rechnung und kommt dann in zehn Minuten nach. Da können wir uns schon mal ein bisschen anfreunden. Ja?«

Sie stand auf, immer noch Kiaras Hand umklammernd. Und Kiara folgte ihr, ohne Widerstand zu leisten.

»Du bist noch sehr schüchtern. Das mag ich. Ich mag es ohnehin sehr gern, eine Frau zum ersten Mal zu verführen, sie für die Liebe mit Frauen zu gewinnen. Das ist für mich der höchste Genuss. Du wirst sehen, ich werde dich süchtig machen. Aber weil du noch so schüchtern bist, ist es gut, wenn wir zuerst ein paar Momente für uns haben. Wenn du erst einmal nichts mehr anhast, wird alles ganz einfach sein. Wir Frauen sind uns doch viel näher. Ich heiße übrigens Lisa. Und du?«

»Kiara.«

Lisa gab Kiara einen flüchtigen Kuss.

Im Zimmer angekommen, zogen sie sich rasch aus und machten sich im Bad gemeinsam frisch. Dann küsste Lisa Kiara auf den Mund, während sie gleichzeitig mit deren Brustwarzen spielte, was Kiara sehr erregte und sofort sehr feucht werden ließ.

In der nächsten Stunde liebten sich die beiden Frauen, wobei Kiara fast immer der passivere Part war. Zweimal erreichte sie ihren Höhepunkt.

Lisas Ehemann war irgendwann unbemerkt ins Zimmer zurückgekehrt und hatte den größten Teil des Liebesspiels der beiden Frauen beobachtet.

Als Kiara ihn im Sessel sitzen sah, schämte sie sich zunächst.

»Süße, du musst nicht verlegen werden. Mein Mann kennt das alles. Ihm macht es Spaß, mir und anderen zuzuschauen. Wenn du willst, macht er auch mit, aber nur, wenn du auch wirklich Lust dazu hast.«

»Ach, darum ging es. Das sollte jetzt nur das Vorspiel sein. Du solltest mich ködern, oder?«

»Nun hab dich nicht so. Du kannst ja jederzeit gehen. Dir steht es frei. Ich wollte nur ein paar schöne Momente mit dir verbringen. Sieh nicht überall das Schlechte. Versuch herauszufinden, wo deine Lust ist, und dann steh auch dazu. Ich glaube, ich weiß viel eher, wo deine Lust ist, als du selbst. Kann das sein?«

»Und wo ist meine Lust?«

»Oh, ich glaube, du möchtest beherrscht, also geführt und angefasst werden. Andere sollen etwas mit dir anstellen, dir sagen, wo es langgeht. Das denke ich.«

Kiara spürte die Erregung zwischen ihren Beinen. »Vielleicht. Ich habe häufiger solche Phantasien vor dem Einschlafen. Aber ich würde mich nie trauen.«

»Musst du ja auch nicht.« Lisa nickte kurz ihrem Ehemann zu, woraufhin dieser verschwand, um gleich darauf mit einer paddelförmigen Peitsche zurückzukehren.

»Du kleines verdorbenes Luder. Was habe ich eben gesehen? Du hast dich von meiner Frau verwöhnen lassen, ohne es ihr gleichzutun. Los, leck sie!« Und dann ließ er die Peitsche auf Kiaras Po niedersausen. Kiara schreckte auf, aber sie gehorchte. Sie versenkte den Kopf zwischen den Beinen der jungen Frau, während deren Ehemann sie mit gleichmäßigen Peitschenhieben anspornte. Lisa packte Kiara an den Haaren, um ihren Kopf zu lenken. Dabei gab sie ihr präzise Anweisungen, was zu tun sei. Als sich die junge Frau langsam ihrem Höhepunkt näherte, drang ihr Ehemann unvermittelt von hinten in Kiara ein. Nun leckte Kiara im Rhythmus seiner Bewegungen. Bald hörte sie Lisa unter den weiterhin ständigen Bewegungen ihrer Zunge mehrfach kommen.

Das Spiel der drei setzte sich noch für eine weitere Stunde in unterschiedlichen Kombinationen und Stellungen fort, wobei die beiden meist die dominante Rolle übernahmen und Kiara die gebende. Schließlich blieben sie erschöpft im Bett liegen.

Lisa zündete sich eine Zigarette an.

»Und? Bereust du es schon?«

»Nein, kein bisschen. Wow! Ich komme mir vor, als wäre ich gerade entjungfert worden.«

Die beiden lachten.

»Bist du ja auch, Süße. Es ist sehr befreiend, wenn man die Sexualität findet, die zu einem passt. Wir beide lieben uns, passen aber sexuell nicht besonders gut zusammen, denn wir sind beide dominant. Wir brauchen also immer jemanden wie dich, um wirkliche Erfüllung zu finden. Wenn du verstehst, was ich meine. Ganz besonders schön ist es natürlich, wenn wir wie heute jemanden erstmalig verführen können. Nun gibt es für dich kein Zurück mehr.«

»Ah ja, interessant. Das habe ich nicht gewusst. Ich glaube, jetzt verstehe ich euch besser.«

»Für dich dürfte es ziemlich leicht sein, einen passenden Sexualpartner zu finden. Es gibt sehr viele dominante Männer und Frauen, die eine devote Sexualpartnerin suchen. Du musst dich nur finden lassen, das ist alles. Begnüge dich nicht mit schlechtem Sex, wenn du guten haben kannst.«

Kiara sah kurz auf ihre Uhr.

»Musst du weg?«

»Ja, irgendwann schon.«

»Irgendwann? Wir freuen uns immer, wenn wir wieder eine Süße verdorben haben. Und ich denke, wir haben dich restlos verdorben. Oder vielleicht doch noch nicht ganz?«

Kiara schaute schweigend vor sich hin. Sie wusste nicht, ob sie noch bleiben oder besser gehen sollte.

»Du überlegst? Ich werde dir die Entscheidung abnehmen. Das scheint man bei dir immer tun zu müssen. Schatz, bringst du mir mal meinen Vib.«

Lisas Ehemann kam mit einem überdimensionierten Vibrator zurück.

»So, Süße, nun lehn dich mal an meinen Göttergatten, und den Rest mache ich. Du wirst erst gehen, wenn du dieses Ding komplett geschluckt hast.«

Kiara blickte etwas ungläubig drein. Aber sie tat, was ihr befohlen wurde.

»Zieh deine Beine etwas an und spreiz sie dabei möglichst weit.«

Währenddessen ergriff Lisas Ehemann Kiaras Nippel und begann mit ihnen auf für sie unwiderstehliche Weise zu spielen. Er machte sie völlig wehrlos. Lisa führte den vibrierenden Vibrator ganz langsam in sie ein, bis er schließlich fast ganz in Kiara verschwunden war. Dabei kam Kiara noch drei weitere Male. Am Ende blieb sie vollkommen befriedigt auf dem Bett liegen.

»Nun muss ich aber wirklich gehen. Es war sehr schön mit euch beiden. Ich habe euch viel zu verdanken. Dabei hatte der heutige Tag für mich richtig beschissen angefangen. Mein Freund hat sich nämlich von mir verabschiedet, weil er für fünf Jahre einen Job in Sydney angenommen hat. Ich saß nur deshalb im Café, weil ich sehr traurig war. Wir haben keinen Sinn darin gesehen, die Beziehung über diese Entfernung noch weiter fortzusetzen. Also haben wir uns gleichzeitig offiziell getrennt.«

Und dann, nach einer kleinen Pause, fügte sie hinzu: »Aber er hätte sicherlich nicht gedacht, dass ich schon mit jemand anderem im Bett lande, bevor seine Maschine überhaupt abgehoben hat. Ich scheine tatsächlich sehr verdorben zu sein.«

»War er denn deiner überhaupt würdig? Du bist eine sehr hübsche Frau mit sehr viel Sex und Sehnsucht. Und ein Mann muss die auch stillen können. Kann er das nicht, dann ist er nicht der Richtige.«

»Darüber muss ich noch mal nachdenken. Vielen Dank jedenfalls für eure Zeit.«

»Wir haben dir zu danken.«

Kiara verschwand im Bad. Nach einiger Zeit kam sie zurück und zog sich an.

»Ich möchte nicht unhöflich sein, aber ich kenne ja nur den Namen von Lisa.«

»Damit sollten wir es auch belassen.«

»Okay, wenn euch das so lieber ist. Also vielen Dank noch einmal. Macht es gut.«

Sie küssten sich ein letztes Mal, und dann machte sich Kiara auf den Weg. Mit raschem Schritt näherte sie sich dem Tiefbahnhof, um mit der S-Bahn in die Frankfurter Innenstadt zu fahren. Sie war jetzt sehr energiegeladen und voller Tatendrang. Und sie beschloss, sich und ihr sexuelles Verlangen finden zu lassen, so wie es ihr das Paar geraten hatte. Auf dem Bahnsteig öffnete sie ihre Handtasche, um etwas Kleingeld für die Fahrkarte herauszuholen. Sie traute ihren Augen nicht. Direkt neben ihrem Handy steckten zehn 100-Euroscheine, die sich vor wenigen Stunden noch nicht dort befunden hatten.

Kiara wusste nicht, ob sie lachen oder weinen sollte. Dann entschied sie sich, die Sache mit Humor zu nehmen. Mein Freund hat mich heute verlassen, um einen Job in Sydney anzunehmen. Und noch bevor sein Flugzeug den Frankfurter Flughafen verlassen hat, bin ich zur Nutte geworden. Offenbar war er es immer, der in unserer Beziehung für Moral gesorgt hat. Nun ist da keiner mehr, ging es ihr durch den Kopf.

Du hast Post

Kiara war ratlos. Schon während ihres Studiums hatte sie einige Artikel in Zeitschriften unterbringen können. Seit einem Jahr war sie als freie Journalistin für verschiedene Presseagenturen und Verlage tätig, und sie hatte den Eindruck, sich langsam einen Namen zu machen. Erst vor wenigen Wochen hatte sie einen vielbeachteten Artikel über Hedwig Dohm veröffentlicht, den sie vielleicht einmal zu einem Buch erweitern könnte. Sie war jetzt achtundzwanzig, hatte schon viel erreicht, und dennoch nagte der Zweifel an ihr. Ihre Zeit mit Jens war nicht unglücklich gewesen. Im Gegenteil, viele ihrer Freundinnen und Bekannten hatten sie um Jens, den schlanken und etwas linkischen, aber immer sehr intellektuell wirkenden Mann beneidet. Jens hatte sie stets zuvorkommend und völlig gleichberechtigt behandelt, sie konnte sich weiß Gott nicht über ihn beklagen. Und doch hatte sie etwas in ihrer Beziehung vermisst, was ihr schon seit mehreren Jahren zu schaffen machte und was seit einiger Zeit immer unverhohlener von ihr Besitz ergriff.

Mit Jens hatte sie darüber nicht sprechen können, für so etwas hatte er keinerlei Verständnis. Vielleicht hätte er sie dann sogar verlassen. Aber das war es eigentlich nicht. Viel entscheidender für sie war die Erkenntnis, dass er nicht der Mann dafür war und auch niemals hätte werden können.

Sie erinnerte sich an einen Abend, als sie sich nach einer feuchtfröhlichen Party ihrer Freundin Miriam anvertraut hatte. Das heißt, von Anvertrauen konnte eigentlich keine Rede sein, sie hatte lediglich ein paar Andeutungen gemacht, was ihr manchmal – nicht immer, aber eben doch immer mal wieder – so durch den Kopf gehen würde. Nicht dass es wichtig sei oder sie belaste, aber von Zeit zu Zeit hatte sie eben solche Gedanken.

Im Nachhinein hatte sie es bereut, überhaupt etwas gesagt zu haben, denn Miriam reagierte mit völligem Unverständnis. Möglicherweise war es auch nicht der richtige Zeitpunkt oder es war der Alkohol, der ein ernsthaftes Gespräch an diesem Abend erst gar nicht ermöglichte. Jedenfalls schüttelte Miriam damals nur den Kopf und meinte: »Das ist doch jetzt wohl nicht dein Ernst, oder? Und wie passt das zu deinen Artikeln zur Frauenbewegung und dem Gender Mainstreaming?« Und dann lachte sie kurz auf. Kiara hatte nur erwidert: »Ach, vergiss es wieder, ein paar Gläser Sekt weniger hätten es wohl auch getan. Ich habe momentan nur komische Gedanken.« Damit war das Thema für beide beendet, und Kiara schwor sich, nie wieder davon anzufangen.

Kiara setzte sich an ihren PC.

Erneut rief sie die Anzeige auf, obwohl sie den Text vielleicht schon zwanzigmal gelesen hatte. Aber er hatte nichts von seinem Reiz verloren. Vor allem der folgende Satz hatte es ihr angetan: »Dich erwartet eine bedingungslose Ausbildung zur Lustsklavin. Mir und anderen Vergnügen zu bereiten wird für dich das Höchste sein.«

Allein bei dem Gedanken an diese wenigen Zeilen verspürte sie ein unstillbares Bedürfnis, sich auf der Stelle zu befriedigen. Irgendetwas daran ließ sie nicht mehr los. Kiara schlug ihren Rock hoch und richtete sich kurz auf, um ihren Slip herunterzuziehen. Nachdem sie es sich ein paarmal besorgt hatte, konnte sie endlich wieder klar denken.

Es hatte auch Vorteile, nun allein zu sein, das merkte sie bereits wenige Tage nach ihrer Trennung. Draußen war es warm, und sie beschloss, ihren Slip nun erst einmal im Schrank zu lassen. Wann immer sie wollte, konnte sie ja nun ganz ungestört und ungehemmt ihrer Lust nachgehen.

Kiara rief ihren E-Mail-Account auf, den sie erst vor wenigen Tagen bei Web.de eingerichtet hatte. Sie schämte sich. »Hoffentlich kommt nie jemand dahinter, was ich hier mache«, sagte sie zu sich selbst. »Eine eigene E-Mail-Adresse, nur um meinen Phantasien nachzugehen! Jeder andere würde mich für total bescheuert, für hormongesteuert oder pervers halten.« Aber spätestens seit ihrem Erlebnis im Sheraton am Flughafen war es fast wie ein Zwang für sie.

Vor drei Tagen hatte sie etwas Schlimmes gemacht: Sie hatte geantwortet. Bereits Sekunden später, nachdem sie auf »Senden« geklickt hatte, hätte sie sich am liebsten geohrfeigt und alles wieder rückgängig gemacht. Und sofort beschlossen, auf Antworten nicht mehr zu reagieren. Aber damit rechnen solche Männer wahrscheinlich sowieso, hatte sie sich beruhigt. Um dann aber doch noch einmal den Anzeigentext aufzurufen, den Browser zu schließen, ihn erneut zu öffnen, den Verlauf zu leeren, eine Prozedur, die sie schon fast mechanisch ausführte und die noch aus der Zeit mit Jens stammte. Auch damals hatte sie schon gelegentlich solche Anzeigen gelesen, woraufhin sie dann an Jens vorbei ins Badezimmer stolziert war, um es sich dort zu besorgen. Sie war dann immer sehr leise gewesen.

Sie musste schmunzeln. Das konnte sie nun alles viel einfacher haben.

Sie hatte Post. Ihr stockte der Atem. Bestimmt nur so eine Werbe-Mail, schoss es ihr durch den Kopf. Doch in der nächsten Sekunde schlug ihr das Herz fast bis zum Halse: In ihrem Posteingang fand sie eine Antwort.

Natürlich eine Antwort. Solche Gelegenheiten wird sich so ein Mann doch nicht entgehen lassen!, dachte sie bei sich.

Rein interessehalber klickte sie die Nachricht an und las einen erstaunlich unverfänglichen, ja sogar ausgesprochen seriösen Text:

»Liebe Kiara, danke für Deine Antwort. Wenn Du möchtest, kannst Du mich anrufen. Meine Nummer habe ich unten angehängt. Ich befürchte aber, dies ist Dir zu unsicher oder vielleicht auch zu peinlich. Ich mache Dir einen alternativen Vorschlag: Zurzeit ist das Wetter sehr angenehm. Ich werde morgen (Freitag) zwischen 14 und 15 Uhr auf der Terrasse des Cafés vom Museum für Kommunikation in Sachsenhausen auf Dich warten. Ich bin groß gewachsen, habe dunkle Haare, bin 45 Jahre alt, trage legere Businesskleidung und werde die FAZ und die ZEIT lesen. Wenn Du Interesse hast und ich Dich nicht abschrecken sollte, dann komm einfach an meinen Tisch und frag mich: ›Ist dieser Platz hier noch frei?‹ Alles Weitere werden wir dann sehen. Natürlich bist Du eingeladen. Allerdings habe ich eine Bitte: Wenn es für Dich vorher schon abzusehen ist, dass Du den Termin nicht wahrnehmen willst oder kannst oder wenn doch, dann nur zu einem anderen Zeitpunkt oder an einem anderen Ort, dann sei bitte so fair und schick mir rechtzeitig eine Mail. Ich checke meine Post noch einmal um 13 Uhr. Bist Du so lieb, Dich daran zu halten?

Ich freue mich darauf, Dich morgen kennenzulernen, Mark.«

Kiara war verblüfft. Damit hatte sie nicht gerechnet. Die Vorstellung, sich mit einem Mann zu einem solchen Thema tagsüber in einem Museumscafé, umringt von Kultur, Müttern und spielenden Kindern, zu treffen, gefiel ihr. Stärker hätten die Gegensätze eigentlich kaum sein können. Jedenfalls schien dieser Mann Wert darauf zu legen, dass sie sich bei einem ersten Treffen sicher fühlte. Sie beschloss, ihre Absage erst am morgigen Vormittag zu verschicken.

Bei Mark

Im Museumscafé

Gegen Viertel vor drei betrat Kiara die Vorhalle des Museums für Kommunikation. Sie trug eine Sonnenbrille, eine sommerliche Bluse, einen kurzen schwarzen Rock, einen Strapsgürtel, schwarze Strümpfe, Stiefeletten. Über die Schultern hatte sie sich eine Jeansjacke gelegt. Sie blieb an einem Büchertisch stehen, um scheinbar interessiert die Auslage zu bewundern. Dabei ließ sie ihre Blicke über die Terrasse schweifen. Am hinteren Ende, auf einem kleinen Plateau und fast mitten im Grün, saß ein Mann, auf den die Beschreibung hätte passen können. Auf seinem Tisch lagen mehrere Zeitungen. Sie erschrak, der Mann schien sie genau zu fixieren. Sie löste sich vom Büchertisch, um zunächst den Eingangsbereich des Cafés zu betreten. Bei diesen sommerlichen Temperaturen waren die meisten Innentische nicht besetzt, ihr ziel- und ratloses Auftreten fiel also nicht weiter auf. Sie bestellte sich am Tresen einen Latte macchiato.

»Setzen Sie sich nach draußen?«, erkundigte sich die Bedienung. Die junge Frau hätte eine Studentin sein können.

»Ja, ich glaube schon.«

»Dann wählen Sie bitte ein Städteschild, ich bringe Ihnen dann Ihr Getränk nach draußen.«

Nun gab es wohl kein Zurück mehr. Wenn ich jetzt nach draußen gehe, kann ich mich bestenfalls noch verleugnen, dachte sie bei sich. Sie war sich sicher, der dort sitzende Mann hatte sie längst enttarnt.

Sie gab sich einen Ruck, entschied sich für »Dubai« und machte sich auf den Weg ins Verderben. Auf der Terrasse angekommen, schaute sie kurz nach links – jetzt während der Urlaubszeit und um diese Uhrzeit waren nur ganz wenige Tische besetzt – und ging dann schnurstracks auf den Mann zu, der Mark sein musste. Sie sagte den vereinbarten Erkennungssatz auf.

Der Mann lächelte, erhob sich von seinem Stuhl und reichte ihr die Hand. »Aber sicher. Hier ist noch alles frei. Darf ich mich vorstellen: Ich bin Mark. Freut mich, dass du gekommen bist.«

Kiara hätte fast aufgelacht, weil sein letzter Satz auch sexuell interpretierbar war. Innerlich sah sie das als Anzeichen dafür an, wie unausgefüllt sie bereits war, da sie selbst über die Mehrdeutigkeit dieser inneren Worte zu grübeln begann. So konnte es wirklich nicht mehr mit ihr weitergehen.

Kiara erwiderte seinen Händedruck. »Hallo. Und ich bin Kiara.«

Er rückte ihr einen Stuhl zurecht, und sie setzte sich. »Wie ich sehe, hast du dir schon etwas bestellt. Ich vermute mal, du hast zum ersten Mal auf eine solche Anzeige reagiert.«

»Woher willst du das wissen? Strahle ich eine solche Unerfahrenheit aus?«

»Nun, ich hatte eine Zeit von 14 bis 15 Uhr genannt, und kurz vor Ablauf der Frist tauchst du im Museum auf, stehst erst einmal unschlüssig am Büchertisch herum, um dich dann doch noch zu erkennen zu geben. Ich denke, du kämpfst zwischen deiner Angst, deiner Moral und deiner Lust.«

»Danke für die treffliche Analyse meiner Person.« Sie überlegte aufzustehen, doch just in diesem Moment öffnete sich die Terrassentür, und die Kellnerin brachte ihren Latte. »Darf es für Sie auch noch etwas sein?«, fragte sie Mark. Er entschied sich für einen Espresso.

»Ich mache dir einen Vorschlag. Die Sonne scheint, und es ist sehr angenehm hier draußen. Wir genießen einfach ein bisschen den Moment und reden über ganz belanglose Dinge, also nichts, was uns gegenseitig irritieren könnte. Du gefällst mir vom Typ her sehr, eine junge hübsche Frau, die nicht auf den Kopf oder Mund gefallen ist. Ich habe in der Nähe meinen Wagen geparkt. Sollte ich dir vom Typ her auch zusagen, dann fahren wir gleich zusammen zu meiner Villa. Ich sage das auch deshalb, weil wenn du dich noch nie auf so etwas eingelassen hast, dann können wir hier noch Stunden sitzen und reden, und du überwindest deine Ängste nie. Man kann so etwas nicht theoretisch behandeln und nur durchdenken. Wenn deine Ängste nicht viel größer als deine Lust sind, dann lass dich einfach mal darauf ein. Ich verspreche dir, du wirst es nicht bereuen. In Ordnung?«

Kiara schaute ihm kurz in die Augen und dann immer wieder in den Garten, der sich direkt an die Terrasse anschloss. Ihr Blick wanderte unruhig hin und her. Kein Zweifel, dieser Mann zog sie an. Ganz anders als Jens strahlte er sehr viel Sicherheit und Souveränität aus, aber genau das machte ihr wiederum auch Angst. Was, wenn er ihre Unsicherheit nur ausnutzte, mit ihr spielte wie ein Kater mit einer Maus? Doch im nächsten Moment gingen ihr wieder ihre Phantasien durch den Kopf oder das, was allein schon der kurze Anzeigentext bei ihr in den letzten Tagen ausgelöst hatte. Sie würde sich selbst hassen, wenn sie gleich wieder zu Hause vor ihrem PC saß und nicht wüsste, wohin mit ihrer Lust.

Sie erzählte ihm von ihrem Wunsch, Schriftstellerin zu werden.

Die Terrassentür schwang auf, und der Espresso für »Beirut« wurde gebracht.

»Kann ich bitte zahlen? Hattest du deinen Latte schon drinnen bezahlt, Liebling?«

Die Anrede haute sie fast um. »Nein, noch nicht.«

Während Mark die Rechnung beglich, hörte sie sich »okay« sagen. Die Kellnerin schaute sie einen Moment verwundert an, setzte den Zahlungsvorgang dann aber ohne Unterbrechung fort. Als sie wieder im Café verschwunden war, packte Mark Kiara fest am Handgelenk und bat sie aufzustehen.

»Freut mich, dass du dich entschieden hast.« Und mit diesen Worten, den Griff nicht lockernd, schob er sie aus dem Café. Erst wollte sie noch protestieren, was ihr aber nichts nützte, denn er zog sie – zur offenkundigen Irritation der Kellnerin – einfach hinter sich her. Schließlich gab sie ihren Widerstand auf, auch um weitere Peinlichkeiten zu vermeiden. Fast willenlos ließ sie sich von ihm zu einem in einer Seitengasse parkenden S-Klasse-Mercedes führen. Im Wagen legte er ihr eine Hand in den Nacken, die andere zwischen die Oberschenkel. »Keine Angst, du bist noch sehr unsicher. Deshalb wirst du ja erst einmal erzogen. Aber ein wenig scheinst du dich auch jetzt schon zu fügen. Das lässt hoffen.«

Die Villa

Mark fuhr langsam durch ein sich schon von Weitem öffnendes stählernes Tor, um dann nach einer kleinen Auffahrt vor einem separaten Garagengebäude zu halten. In der Ferne schloss sich das Eingangstor mit einem knarrenden Geräusch wieder.

In der Mitte des Anwesens befand sich eine elegante Villa, an deren Terrasse sich ein großer wolkenförmiger Pool anschloss. In der Luft lag ein Duft von Rosen, die das gesamte Grundstück zusammen mit einer vielleicht drei Meter hohen Mauer und zahlreichen Bäumen umstanden.

Mark führte sie über einen kleinen Gartenweg und ein paar Stufen, dann durch einige Türen, bis sie schließlich ein riesiges Wohnzimmer mit Parkettboden, großer Sitzecke, ganz viel Unterhaltungselektronik und einer futuristisch anmutenden Bar betraten.

»Darf ich dir deine Jeansjacke abnehmen?«

Sie ließ die Jacke von ihrer Schulter gleiten.

»Ach ja, und deinen Rock und deinen Slip gibst du mir bitte auch gleich.«

Kiara errötete. »Wollten wir uns nicht erst unterhalten? Wir haben doch noch gar nicht geklärt, was wir uns so vorstellen.«

»Darum geht es ja. Aber man kann sich mit Frauen nicht unterhalten, wenn ihre Öffnungen nicht frei zugänglich sind. Und ich habe keine Lust, meine Zeit zu vertrödeln, während du mir etwas vormachst. Also kann ich jetzt den Rock und den Slip haben?«

Kiara gehorchte, auch wenn ihr eine innere Stimme etwas ganz anderes riet.

Mark ergriff ihre Hand und bat sie, sich zu setzen. Sie nahm auf einer großen schwarzen Ledercouch Platz, lehnte sich zurück und schlug die Beine übereinander.

»So haben wir nicht gewettet. Setz dich bitte anständig hin, und zwar so, dass du mir jederzeit deine Fotze präsentierst. Ach, und bitte knöpf deine Bluse noch auf, ich möchte schließlich sehen, was du mir so zu bieten hast.«

Und nach einer Pause fügte er hinzu: »Und nachdem du nun endlich bereit zu sein scheinst, möchte ich dich fragen, warum du auf meine Anzeige geantwortet hast und ich mich mit dir beschäftigen sollte?«

Kiara begann von ihrer Beziehung mit Jens zu berichten, von ihren Wünschen und unerfüllten Sehnsüchten.

»Ich habe dich nicht darum gebeten, mir von deinen Ex-Lovern zu erzählen. Was möchtest du von mir? Bitte achte ein wenig auf deine Schenkel. Vielleicht fällt es dir leichter, wenn du sie gleich ein bisschen mehr spreizt.«

Mit diesen Worten beugte er sich nach vorn und drückte ihr die Knie auseinander. Nun zeigte sie sich ihm in voller Pracht.

»Und deine Bluse könntest du auch etwas weiter öffnen. Am besten, du ziehst sie gleich ganz aus, das steht dir ohnehin besser.«

Mit einer raschen Handbewegung entblößte er ihre Brüste und umfasste sie abschätzend.

Kiara versuchte sich zu sammeln und begann – nun weitestgehend ausgezogen – erneut: »Mein Freund hat fast jeden Tag mit mir geschlafen. Er war zärtlich und ist auf mich eingegangen, aber ich habe mich nicht getraut, meine wirklichen Wünsche zu äußern.«

»Und die wären …« Marks Stimme klang ungeduldig.

»Ich träume ständig davon, einfach nur genommen zu werden, Besitz zu sein, jemandem zu gehören. Seine Sklavin zu sein, mich hinzugeben.«

»Was heißt Sklavin sein für dich?«

»Na ja, wie bereits gesagt. Also, ich möchte schon eine selbständige und emanzipierte Frau sein. Beim Sex jedoch möchte ich jemandem gehören. Er soll alles mit mir machen können.«

»Das genügt mir nicht.«

»Wie meinst du das? Soll ich meinen Beruf aufgeben, um dir zu dienen, dir alles hinterhertragen? Muss ich dich immer mit ›Herr‹ anreden? Du hast doch geschrieben, dass für dich auch eine Sklavin in Frage kommt, die dir nur zeitweise zur Verfügung steht. Mehr würde ich mich im Moment nicht trauen.«

Mark lächelte. »Nein, das meinte ich nicht. Ich finde es schön, wenn eine Frau einen eigenen Kopf hat und auch beruflich ihre Wege geht, sie immer wieder wie ein Vogel davonfliegt. Umso schöner ist es, sie dann wieder einzufangen und zu dominieren, zu unterwerfen, zu beherrschen und zu benutzen. Auch finde ich es eher peinlich, mit ›Herr‹ angeredet zu werden. Aber mir reicht das mit dem Besitz nicht.«

»Sondern?«

»Eine Sklavin ist mein Eigentum.«

»Ja und? Besitz, Eigentum, ist das nicht das Gleiche? Das sind doch nur Worte!«

»O nein, Liebling. Dieses Haus hier gehört mir, und ich kann damit machen, was ich will, könnte es zum Beispiel abreißen lassen. Ich könnte es aber auch an jemanden vermieten. Dann bin ich nur noch der Eigentümer, und jemand anderer schlägt die Nägel in die Wände. Als meine Sklavin wärst du mein Eigentum. Ich kann mit dir machen, was ich will, weil du mein Besitz bist. Zusätzlich kann ich dich vermieten, verleihen, verkaufen, verschenken und tauschen.«

»Ich soll also für dich anschaffen gehen. Ist es das, was du willst? Hast du auf diese Weise dieses Haus finanziert?«

Mark lachte auf. »Keine Sorge, ich verdiene mein Geld mit ganz normaler Arbeit. Einige Personen, mit denen ich schon seit Jahren eng befreundet bin und zusammenarbeite, dürften dich ganz selbstverständlich mitbenutzen und dich in dem Rahmen, wie wir das untereinander abgestimmt haben, weiteren Personen zur Verfügung stellen. Gute Freunde teilen ihre Sachen halt untereinander. Bei anderen mag auch schon mal Geld fließen, aber nur, weil mir das einen Kick gibt. Und so wie ich dich einschätze, dir auch. Und wenn mir jemand einen Gefallen getan hat, dann kann es sein, dass ich dich ihm zur Verfügung stelle, für ein paar Stunden oder auch mal das ganze Wochenende. Meine Freunde sind aber fast alle eher aktiv und dominant, denen geht es meist um Unterwerfung und nicht darum, sich großartig bedienen zu lassen. Die meisten werden dich wie eine willige und verfügbare Stute behandeln.«

Kiara dachte über seine Worte nach und musste ihm

insgeheim beipflichten, denn sie spürte, wie sie dabei immer feuchter wurde. Wenn sie all diese Sachen tun musste, weil es ihre Aufgabe war, trug sie keine Verantwortung und konnte sich ganz ihrer Lust hingeben. Dennoch schämte sie sich insgeheim dafür. Sie hatte sich immer für eine starke und selbstbewusste Frau gehalten, und nun sollte sie das Sex-Spielzeug fremder Männer sein, die sie nach Belieben unterwerfen und benutzen würden?

»Aber lass es uns mal versuchen«, fuhr Mark fort. »Du bist eine intelligente junge Frau, und damit bringst du beste Voraussetzungen für eine Sklavin mit. Außerdem macht es viel mehr Spaß, eine solche Frau zu unterwerfen.«

Dann packte er ihre beiden Handgelenke und zog sie mit überlegener Kraft in einen Nachbarraum, wo er sie mit sanfter Gewalt auf eine mit einem Laken bedeckte Liege legte. Kiara schlug das Herz bis zum Halse. Sie rang nach Luft. Sie wollte nicht vergewaltigt werden.

Langsam entspannte sie sich wieder. Sie hatte sich ja darauf eingelassen, und nun war es wohl zu spät, dem Spiel noch Einhalt zu gebieten. Er ließ ihre Handgelenke los und legte ihr eine Augenbinde um. Dann umfassten seine Hände sofort wieder ihre Unterarme. Sie wehrte sich nicht, doch ihr Atem ging schwer. Er lockerte seinen Griff, um gleich darauf an ihren Handgelenken Ledermanschetten anzubringen, erst am linken, dann am rechten. Und kurz darauf spürte sie, wie ihr ein Stück Leder um den Hals gelegt und geschlossen wurde. Sie schluckte. Insgeheim war sie neugierig, wie ihr das Halsband wohl stehen mochte. Mit einem kräftigen Ruck nahm er wieder ihre beiden Handgelenke, zog sie ihr hinter den Kopf, und dann hörte sie auch schon Verschlüsse zuschnappen. Als er losließ, bemerkte sie, wie gering der Spielraum ihrer Arme nur noch war. Sie erschrak. Nun konnte sie nicht einmal die Augenbinde entfernen, wenn ihr danach war. Und ihre Brüste waren für ihn frei zugänglich. Selbst wenn sie sie vor dem Zugriff seiner Hände hätte schützen wollen, wäre das ihr nun nicht mehr möglich gewesen.

»Und wie heißt das Stopp-Wort?«, fragte sie.

»Welches Stopp-Wort?«

»Ich habe gelesen, man vereinbart immer ein Stopp-Wort. Also wenn ich ›Erbarmen‹ sage, dann hörst du auf und nimmst mir auch sofort alle Fesseln ab. Okay?«

»Mit einem Stopp-Wort ist es nur ein Spiel. Das interessiert mich nicht. Und glaub mir, du würdest dich auch nur langweilen, weil du genau weißt, dass du jederzeit ›Erbarmen‹ rufen kannst. Entweder ohne Stopp-Wort, oder ich kann dich so nicht gebrauchen.«

Sie schluckte wieder. Auf was hatte sie sich da bloß eingelassen? Wie kann man nur so blöd sein, so naiv? Hatte ihre Mutter sie nicht immer vor solchen Typen gewarnt?

Sie spürte diese Mischung aus Angst und Lust, und es erregte sie, ausgeliefert zu sein, wie eine Maus, mit der die Katze spielt.

»Okay«, hörte sie sich sagen.

»Dann will ich dich mal beim Wort nehmen.« Und prompt schob er ihr auch schon einen kleinen Ball zwischen die Zähne und befestigte das dazugehörige Band in ihrem Nacken.

»Kein Stopp-Wort, das war dein Wille. Und damit du dir das nicht wieder anders überlegst – Frauen kann man in der Hinsicht nicht vertrauen –, habe ich mich jetzt erst einmal abgesichert. Weißt du, ich kenne dich noch nicht genug, und wie soll ich dir da vertrauen? Und Sicherheit geht eindeutig vor.«

Sie wollte protestieren. Wer brauchte hier Sicherheit? Wer ließ sich auf wen ein? Am liebsten hätte sie ihn angeschrien, ihm eine Ohrfeige verpasst, wenn sie nur gekonnt hätte. Aber sie war ja wehrlos.

Während sie noch wütend mit sich selbst diskutierte, ging alles sehr schnell. Vermutlich hatte er sie mit seiner Bemerkung nur provozieren wollen, damit sie abgelenkt war. In Windeseile streifte er ihr die Stiefeletten ab, löste die Strapse, rollte die Strümpfe herunter und zog sie ihr aus. Dann klammerten seine Hände auch schon an ihren Fußknöcheln, und kurze Zeit später hatte er auch dort Ledermanschetten angebracht. Dann wurde etwas daran befestigt, und ein leichtes Bewegen ihrer Beine machte ihr klar, dass er sie mit einer Eisenstange gespreizt haben musste. Nun war sie ihm vollkommen wehrlos ausgeliefert.

Gott sei Dank liege ich auf dem Rücken und er kann mich nicht von hinten nehmen, dachte sie mit einem leichten Schauder.

»Kiara, du bist wirklich eine sehr schöne junge Frau. In den nächsten drei Tagen werde ich bestimmt viel Spaß mit dir haben.«

Sie rang nach Luft. Sie musste an einen Sadisten geraten sein. Kein normaler Mensch wäre in der Lage, in einem einzigen Satz gleich zwei ungeheuerliche Dinge auf einmal zu sagen. Oder hatte sie sich nur verhört? Sollte es heißen: »*Wir* werden viel Spaß miteinander haben«? Blieben immer noch die drei Tage. Er würde sie also erst Sonntag wieder gehen lassen. Dabei hatte sie sich am nächsten Tag mit Miriam in der Stadt zu einem Einkaufsbummel verabredet. Sie wollte protestieren und prustete in den Knebel, aber er lachte nur. »Stopp, stopp, stopp, ja, ja, ich weiß, meine Liebe, es gibt aber kein Erbarmen!«

Ihre Gedanken rotierten weiter: Ja, aber was ist danach? Vielleicht will er bis Sonntag Spaß mit mir haben, und dann wird er mich umbringen und verscharren. Aber nein, das wäre wohl zu riskant, die Kellnerin im Museumscafé hat uns zusammen gesehen, und wir müssen ihr aufgefallen sein, so ungleich und auffällig, wie wir waren.

»Am Sonntagabend mache ich dich frei, und dann kannst du gehen«, sagte er, als hätte er ihre Gedanken erraten.

»Aber vorher wirst du mir und auch anderen uneingeschränkt zur Verfügung stehen. Ich werde dir alles beibringen, wie du uns unendliches Vergnügen bereiten kannst.«

Sie hatte sich also nicht verhört und begann zu weinen. Das wollte sie nicht. Das hätte sie nicht zugelassen, wenn es ihr vorher bekannt gewesen wäre. Aber hätte sie überhaupt etwas gewollt, hätte man es ihr vorher gesagt? War es nicht gerade der Reiz an der Sache, etwas zu tun, was man nicht will? Was man bei vollem Verstand niemals tun würde. Offensichtlich war sie nicht bei Verstand, sie hatte ihn geradezu verloren.

»Nur zu deiner Information«, hörte sie ihn mit kühler Stimme sagen, »ich beginne gleich mit deiner Ausbildung. Ziel der Ausbildung ist es, dich zu erziehen. Es ist schon erstaunlich, was Frauen alles machen, wenn sie nur ordentlich erzogen sind. Keine Angst, die ersten Übungen fordern dich eher geistig. Auch wenn du es nicht glaubst, aber du wirst dich sehr konzentrieren müssen. Natürlich werde ich dich auch körperlich gebrauchen und gefügig machen, aber das steigern wir erst in den nächsten Tagen so richtig, dann, wenn du schon ein wenig abgerichtet bist. Dann muss ich nicht jedes Mal erst wieder bei Adam und Eva anfangen. Aber ich will ja nicht nur deinen Körper. Ich will einfach alles von dir, deshalb wird es so laufen. Und so richtig Spaß macht es nur bei intelligenten Frauen. Die sind besser und auch williger, wenn man sie mal so weit hat. Irgendwas sagt mir, du könntest mein Meisterwerk werden. Nun nehme ich dir erst einmal deine letzten Kleidungsstücke ab. In den nächsten Tagen wirst du meist nackt gehalten. So, die Strapse sind nun auch runter. Ich habe es gerne, wenn Frauen ganz nackt sind. Kleidung ist Schutz und verdirbt die Hingabe.«

Kiara ließ alles resigniert mit sich geschehen. Sie atmete tief und schwer.

Die erste Lektion

Mark legte eine Hand etwas oberhalb ihres Venushügels, mit der anderen umfasste er ihre linke Brust. Seine Finger spielten mit ihrer Knospe.

»Entspann dich bitte und hör mir zu. Es ist wichtig, alles genau zu verstehen und entsprechend umzusetzen.«

Er wartete einen Augenblick ab, bis ihr Atem ruhiger wurde.

»Deine Aufgabe ist es, mir und anderen Vergnügen zu bereiten. Das ist dein eigentlicher Lebenssinn, dafür bist du auf die Welt gekommen. Alles andere ist dagegen vergleichsweise unwichtig. Du solltest dir diese Sätze häufig innerlich wie ein Mantra selbst aufsagen, dann wird es dir leichter fallen, deine Aufgabe zur Zufriedenheit aller auszuführen. Ein Recht auf eine eigene Sexualität hast du nicht. Natürlich kann es vorkommen, dass du – während du anderen Freude und Lust bereitest – zum Höhepunkt kommst. Einige werden dich vielleicht sogar bewusst dazu bringen wollen, aber es ist niemals dein Ziel, hörst du, niemals! Wenn es passiert, dann passiert es, aber du strebst keinen eigenen Orgasmus an. Dein einziger Sinn besteht darin, anderen Freude zu bereiten. Auch wirst du dich niemals selbst befriedigen, auch nicht, wenn du unbeobachtet bist. Alle deine Orgasmen gehören uns. Du hast sie vor uns zu haben, uns sozusagen abzuliefern. Hast du das so weit verstanden?«

Kiara nickte fast unmerklich.

Sofort packte Mark ihre beiden Nippel und drückte sie zwischen seinen Fingern mit aller Kraft zusammen. Kiaras Körper erbebte, sie schrie innerlich auf.

»Hast du das so weit verstanden?«

Diesmal nickte Kiara heftig mit dem Kopf.

Mark löste seine Finger von ihren Knospen. Derweil hoben und senkten sich Kiaras Brüste in tiefen, angestrengten Atemzügen.

Nach einer Weile fuhr Mark fort: »Ich bewege nun meine Hände über deinen Körper und lasse dabei keine Stelle aus. Versuch dich bitte zu konzentrieren, dies ist keine ganz einfache Übung. Du weißt, was dann passiert, wenn du nicht folgst. Aber ich kann auch noch zu ganz anderen Mitteln greifen, glaub mir, und ich habe andere zur Hand, die das noch viel besser können als ich, und die nichts lieber täten, als sich ein bisschen mit dir zu verlustieren.

Ich erwarte, dass du gehorchst und dich anstrengst. Also letztendlich alles Dinge, die selbstverständlich sind. Während ich mit meinen Händen über deinen Körper gleite, wirst du versuchen, meinen Händen näher zu kommen, dich ihnen entgegenzustrecken und anzubieten, egal, wo sie gerade sind. Dein Ziel ist es, mir zu gefallen. Vergiss das bitte nie! Du schenkst mir zu jeder Sekunde deinen Körper, und das voll und ganz. Stell dir vor, dein größtes Glück bestünde darin, mich und andere zu befriedigen. Ansonsten bist du ganz leer im Kopf. Du hast keine eigenen Gedanken, Gefühle und Gelüste mehr, willst nur gefallen. Das wollen eigentlich viele Menschen. Ein Koch möchte auch nicht nur gut kochen, sondern vor allem, dass es seinen Gästen schmeckt, sie ihre Freude an seinen Dienstleistungen haben. Allerdings bist du nicht nur Koch, sondern auch Speise.«

Kiara versuchte, seinen Anforderungen zu genügen. Während er über ihre Brüste strich, drückte sie sie ganz sanft und unmerklich gegen seine Hände. So ging es langsam über ihren gesamten Oberkörper weiter.

»Das machst du schon sehr gut. Zeig mir, dass meine Hände willkommen sind. Jetzt mag dich das noch anstrengen, aber glaube mir, in einigen Wochen wird das alles ganz selbstverständlich für dich sein. Wenn ein Mann dich berührt, wirst du dich unwillkürlich öffnen und dich ihm schenken. Dein Körper wird sich ihm fast unmerklich entgegenstrecken und du wirst nicht einmal daran denken müssen.«

Kiara stellte mit Erstaunen fest, dass sie sich immer mehr entspannte. Ihre unangenehmen Gedanken und Ängste über die Situation, in der sie sich befand, kehrten zwar immer wieder zurück, doch meist gelang es ihr rasch, sich zu sammeln. Die Übung war sehr anstrengend und erforderte ihre gesamte Konzentration. Und je besser ihr das gelang, desto schwerer wurden ihre Muskeln, bis sie am Ende mit ihrem gesamten Körper in den Polstern der Liege zu versinken schien.

Mark fuhr nun an der Innenseite ihrer Schenkel entlang. Seine Hände bewegten sich ganz langsam auf ihre Spalte zu. Kiara drückte – soweit ihr die Eisenstange die Freiheit dazu ließ – ihre Oberschenkel ganz sanft gegen seine Hände.

Mark packte erneut ihre Nippel und quetschte sie so stark, dass sie verzweifelt auf den Knebel biss. Ihr Atem ging heftig und schwer.

»Und, was hast du falsch gemacht?«

Sie schüttelte nur mit dem Kopf, in der Hoffnung, er würde seinen Griff lockern. Sie wusste es nicht.

Endlich gaben seine Finger nach.

»Ach, ich denke, du wirst jetzt langsam sowieso das machen, was ich möchte. Ich nehme dir deinen Knebel wieder ab, dann klappt es auch besser mit unserer Kommunikation.«

Kiara atmete erleichtert auf.

»Also, was hast du falsch gemacht?«

»Mark, ich weiß es nicht. Ich habe meine Schenkel gegen deine Hände gedrückt, dachte, es genau richtig zu machen. Aber anscheinend doch nicht. Sag es mir, dann versuche ich, es beim nächsten Mal besser zu machen.«

»So gefällst du mir, eine gute Antwort. Du musst dir eins merken: Wenn ich mit meinen Händen über deinen Körper gehe, dann kommst du unmerklich meinen

Händen entgegen. Dafür ist jetzt viel Konzentration erforderlich, aber mit der Zeit wird dir das in Fleisch und Blut übergehen. Ich rate dir, dies mehrmals am Tag in der Vorstellung zu üben, umso schneller kommen wir voran, und das möchtest du doch sicher?«

Kiara nickte. Aber das hätte sie in diesem Moment bei jeder anderen Frage auch getan.

Mark nahm ihre Nippel zwischen die Finger. »Ich habe dich leider nicht verstanden.«

»Ja, ich möchte gerne möglichst schnell vorankommen. Ich wünsche es mir sehr.«

»Okay, akzeptiert. Also dein Fehler war folgender: Wenn ich mich mit meinen Händen einer deiner Öffnungen nähere, dann hast du mir diese anzubieten. Nähere ich mich deiner Fotze, dann hast du die Beine zu spreizen. In diesem Fall muss ich mich ein wenig anpassen. Greife ich dir irgendwo in den Schritt, dann wirst du deine Beine breit machen. Bei anderen Männern wird das nicht anders sein. Alles klar?«

»Ja, ich werde es versuchen.«

Mark begann von vorn. Und egal, wo sich seine Hände befanden, sie versuchte ihnen mit ihrem Körper zu folgen. Näherten sie sich jedoch ihrer Vulva, dann spreizte sie unmerklich die Beine und drückte ihm ihren Unterleib entgegen. Mal drang er mit seinen Fingern in sie ein, mal strich er nur an ihrer Spalte entlang. Das Spiel erregte sie sehr.

»Nun möchte ich zu einem anderen wichtigen Punkt kommen. Aber vorher werde ich dir erst einmal die Fesseln abnehmen. Ich glaube, du bist schon so weit. Bitte enttäusch mich nicht.«

Zur Prüfung fasste er ihr noch einmal in den Schritt, woraufhin sie die Beine für ihn weit spreizte.

»Die meisten Frauen denken beim Sex vor allem an ihren Spaß. Doch für dich gelten andere Regeln. Dein Vergnügen wird es sein, anderen Freude zu bereiten, wie ich bereits erwähnt habe. In den nächsten Monaten wirst du regelmäßig eine Lehrerin für taotische Liebeskunst aufsuchen. Sie wird dir Techniken beibringen, die es dir ermöglichen, dich leichter zurückzuhalten. Bitte sei eine aufmerksame und gelehrige Schülerin. Wirst du dich nicht wie von uns gewünscht verhalten, sehe ich mich dazu gezwungen, deine Klitoris zu überreizen, entweder durch die Stimulation meiner Hände oder durch eine spezielle Vakuumpumpe. Die Stimulation ist natürlich viel reizvoller für mich. Welches der beiden Verfahren würdest du vorziehen?«

»Ich möchte lieber, dass du es mir machst.«

»Prima! So gefällst du mir. Aber so weit sind wir noch nicht. Momentan reicht es aus, wenn du dich nur auf meine und nicht deine Befriedigung konzentrierst. Und ich gehe davon aus, dass du die taotischen Übungen schon sehr bald hervorragend beherrschen wirst, so dass ich nicht selbst Hand anlegen muss. Ich denke, das ist auch in deinem Interesse.

Ich nehme dich nun ein paarmal. Bitte erinnere dich an die Anfangslektionen. Wann immer ich dich anfasse, hast du entsprechend zu reagieren. Deine Öffnungen dienen einzig und allein meiner Lust. Deine körperliche Befriedigung hast du zurückzustellen. Dich mir ganz zu überlassen und hinzugeben, das wird deine neue Befriedigung sein.«

Mark wandte sich für einen Moment von ihr ab, um

sich auszuziehen. »Mach die Beine noch ein bisschen breiter. Zeig mir alles, was du hast. Ich möchte möglichst bequem in dich eindringen können.«

Kiara gehorchte. Die nächsten zwanzig Minuten war sie intensiv damit beschäftigt, sich ganz für ihn zu öffnen und ihm ihren Körper zu schenken. Nie zuvor hatte sie sich so nackt gefühlt. Nach einer Weile bat er sie, sich aufzurichten und sich auf den Fersen niederzulassen. Hinter ihr sitzend, ergriff er ihre Brust, um ihr eine Busenkette anzulegen. Sie presste die Lippen zusammen, so intensiv war der Schmerz. Doch schon bald gewöhnte sie sich daran. Er drückte sie nach vorn und schob ihre Beine ein wenig auseinander. »Geh bitte noch etwas mehr ins Hohlkreuz, das sieht einfach besser aus.« Während er sie von hinten nahm, schwang ihre Busenkette im Rhythmus seiner kräftigen Stöße. Mit beiden Händen stützte er sich auf ihren Hüften ab. Dann wieder tasteten sie sich vorwärts, während sie ihm mit ihrem Körper leicht entgegenkam. Dies war nicht immer ganz einfach, speziell dann, wenn er sich an ihren Brüsten zu schaffen machte oder gar an der Busenkette zog. Mit einem Ziehen an ihren Haaren zwang er sie, den Kopf in den Nacken zu legen und ihre Brust ganz herauszudrücken. »Ja, meine Stute. Lass mich deinen Atem hören. Streck mir dein Hinterteil ganz entgegen. Zeig mir, dass du von mir genommen werden möchtest.«

Kiara war wie in einem Rausch. Nie zuvor hatte sie Sexualität so intensiv erlebt. Sie genoss es, nicht mehr auf die Befriedigung ihrer eigenen Bedürfnisse achten zu müssen. Es war, als wäre ihr eine riesengroße Last genommen worden. Sie wusste, wenn es ihr in den nächsten Tagen gestattet würde, dann würde sie einen Höhepunkt erreichen, aber ganz von allein und ohne ihr Zutun. Es würde einfach nur passieren. So konnte sie sich ganz auf ihre Hingabe, ihre Nacktheit, seine Bewegungen, Wünsche und Anweisungen konzentrieren.

»Ich werde dich nun noch ein bisschen verschönern.« Mit diesen Worten drückte er ihren Bauch auf die Matratze. Dabei spannte sich die Busenkette und zog an ihren Nippeln. Im nächsten Augenblick schlug er ihr auch schon mit der flachen Hand auf den Hintern und die Oberschenkel. Sie rang nach Luft, ihr Unterleib war von Schmerz erfüllt.

Nach einer Weile hielt er inne. Offenbar war er mit seinem Werk zufrieden. »Du solltest dich jetzt mal sehen, mit deinem feuerroten Hintern. Steht dir wirklich gut. Das machen wir jetzt regelmäßig.« Während sie innerlich noch protestierte, drang er da ein, wo sie am engsten war. Sie war so überrascht, dass sie ihn widerstandslos gewähren ließ.

»Viele Frauen sind an dieser Stelle verspannt. Aber das kann man ganz leicht beheben. Glaub mir, ein paar Schläge auf ihren Hintern, danach ist fast jede leicht zugänglich.«

Wieder packte er sie fest an den Haaren. »Zeig mir alles, was du heute gelernt hast. Öffne dich für mich, lass deinen Atem fließen.«

Kiara war jetzt völlig eins mit ihrem Körper. Alle unangenehmen Gedanken und inneren Dialoge wichen von ihr. Immer wieder ergriff er ihre Kette. Doch sie gab dabei nicht nach, sondern bäumte sich auf, was ihre Busenkette noch stärker spannte. Sie genoss es, am ganzen Körper angefasst zu werden, und sie dankte ihm für jede seiner Berührungen.

Mark war gnadenlos. Anfangs hatte sie sich noch auf ihre Ellbogen stützen können, doch schließlich ließen ihre Kräfte nach. Mit jedem Stoß schickten ihre sich am Laken reibenden Brüste kleine Stromstöße durch ihren Körper. An ihren Haaren wurde sie geführt. Ihr Kopf lag ganz weit im Nacken, ihr Po Mark entgegengestreckt. Sie war ihm vollkommen ausgeliefert. Einen eigenen Willen hatte sie nicht mehr.

Die Sklavin

»So, nun kannst du dich ein bisschen frisch machen. Ich habe Hunger, und ich nehme an, du auch.« Er nahm ihr die Busenkette und schließlich auch die Augenbinde ab.

Kiara blinzelte. Sie vernahm ein leises Knurren ihres Magens, doch das war es irgendwie nicht. Sie lächelte. »Ich glaube, noch wichtiger wäre jetzt erst einmal, etwas zu trinken.«

»O ja, natürlich, Liebling. Entschuldigung. Was möchtest du haben? Ein ganz normales Mineralwasser?«

»Wasser wäre gut.«

Mark verschwand, um wenige Augenblicke später mit zwei Gläsern und verschiedenen gekühlten Wassersorten mit und ohne Kohlensäure aufzutauchen. Nun nahm sie endlich wahr, was für ein attraktiver Mann er war. Er war mindestens einen Kopf größer als sie, sehr muskulös und kräftig gebaut.

Kiara entschied sich für San Pellegrino, Mark ebenso.

Sie leerte ihr Glas in einem Zug, und auch ein zweites trank sie schnell aus.

Mark schaute sie freundlich an. Dabei spielte er gedankenverloren an ihren Knospen. »Ich werde mich ganz kurz in der Küche betätigen. Lass dir so viel Zeit, wie du brauchst. Und vergiss bitte nicht: Lustvolle Spiele mit der Brause sind jetzt nicht mehr drin. Das magst du bei dir zu Hause gemacht haben. Ab sofort ist dir das alles untersagt. Ich sage es lieber anfangs einmal zu viel als zu wenig. Du hast keine eigene Sexualität mehr, die ist jetzt mein Eigentum. Hast du das verstanden?«

Kiara nickte stumm.

»Und du wirst auch merken, dass ich von ganz wenigen und besonderen Ausnahmen – nämlich dann, wenn es ausdrücklich gewollt ist – nie danach fragen werde, ob du gekommen bist. Das wird auch bei allen anderen, denen ich dich zuführen werde, so sein. Dies interessiert uns einfach nicht. Es ist nicht deine Aufgabe. Manchmal werden ich und andere versuchen, deine Fähigkeit dazu sogar einzuschränken, damit deine dienende Rolle in den Vordergrund tritt. Betrachte einen Orgasmus als ein Geschenk, das dir zuteil wurde. Er darf niemals dein Ziel sein.«

Mit einem intensiv fragenden Blick schaute er ihr in die Augen.

Kiara war verwirrt.

Mark hatte sie sich in den letzten Stunden gefügig gemacht und sie benutzt, sie behandelt wie ein Stück Fleisch. Immer noch klangen ihr seine Worte in den Ohren, sie sei nur zu seinem Vergnügen und dem anderer da. Und dieses Vergnügen hatte er mit ihr. Sie hatte Dinge mit sich machen lassen, die sie noch vor einigen wenigen Tagen niemals zugelassen hätte. Sie schämte sich.

Und dann noch seine Sprüche. »Es ist schon erstaunlich, was Frauen alles machen, wenn sie nur ordentlich erzogen sind«, war noch einer der harmloseren. Es war diese betont abwertende Art, die ihr so zusetzte. Sie empfand das noch viel entwürdigender als den Sex, zu dem sie von ihm gezwungen wurde. Aber warum spürte sie gerade bei solchen Sätzen ihre Lust besonders intensiv, und warum wurde sie dabei ganz besonders feucht?

Mark benutzte sie, so wie es ihm gerade in den Sinn kam. Aber sie schien ihm tatsächlich Freude zu bereiten, ihm in dem Moment wirklich zu gefallen. Dieses Gefühl hatte sie bei Jens nie gehabt. Er schlief mit ihr, als wäre sie nicht wirklich gemeint. Okay, das sagte Mark eigentlich auch. Er sagte sogar, sie wäre nur ein Objekt, lediglich für den Gebrauch bestimmt.

In Kiara stieg eine unbändige Wut hoch. In den letzten Stunden war sie streng genommen mies behandelt worden, aber von Jens irgendwie noch viel mehr. Und zwar schon immer.

Wenn Jens nur geahnt hätte, was sie alles machen würde, was er hätte haben können, hätte er es nur einmal verlangt. Sie wollte ja gefallen, sie wollte es gut machen, sie wollte einem Mann Spaß im Bett bereiten. Warum hat er sich nie genommen, was ich zu bieten habe? Das beweist doch, dass ich ihm egal war, dass ich ihm doch nicht so gefallen habe, wie er es stets behauptet hat!, ging es ihr durch den Kopf.

Für einen Mann, der ihr gefällt und der sie wirklich will, würde sie alles tun. Wenn es darum ginge, für Fremde die

Beine breit zu machen, sie würde nicht einen Augenblick zögern, das wurde ihr mehr und mehr bewusst. Ihr war es peinlich, sich das zuzugestehen. Wie passte das in ihr Weltbild der selbstbewussten, emanzipierten Frau, die sie noch bis vor wenigen Stunden gewesen war? Wie konnte sie sich so entwürdigen und benutzen lassen und die Augenblicke doch gleichzeitig so genießen?

Kiara musste aufpassen, sich da nicht in etwas hineinzusteigern. Das konnte sie nämlich ziemlich gut.

Ihre Gedanken kreisten um das bisher Erlebte. Sie war gerade mal ein paar Stunden hier, und dieser Mann sprach mit ihr, als hätte sie sich bereits für alle Zeiten dafür entschieden, seine Lustsklavin zu sein. Kein Zweifel, sie hatte die bisherigen Stunden sehr genossen, auch wenn sie sich mit Händen und Füßen gegen diese Erkenntnis wehrte. Sie hatte eine Sexualität kennengelernt, die ganz anders war als die, die sie bisher erlebt hatte. Sie merkte, wie er sie bereits in seinen Bann zog, und wenn es so weiterginge, würde sie wohl in drei Stunden so ziemlich alles unterschreiben. Dies galt es zu verhindern.

»Aber ich habe doch noch gar nicht richtig zugesagt. Müssen wir da nicht erst noch etwas miteinander vereinbaren?«

»Und was sollen wir vereinbaren?«

»Na, irgendetwas Schriftliches. Hab ich mal in einem Buch gelesen. Also so was in der Art wie: ›Die Sklavin verpflichtet sich, dem Gebieter für die Dauer des Vertrages uneingeschränkt und unverzüglich zu gehorchen und sich von ganzem Herzen um sein Vergnügen und Wohl zu bemühen.‹ Wo so etwas drinsteht, was du eben gesagt hast. Und dem ich zustimmen muss. Keine Ahnung, was sonst auf Dauer noch alles auf mich zukommen könnte. Vielleicht sage ich heute, ich will deine Sklavin sein, und morgen verlangst du dann Dinge, denen ich nie zugestimmt hätte.«

Mark runzelte die Stirn. Wieder spielte er gedankenverloren und fast abwesend an ihren Nippeln. Sofort wurde sie feucht zwischen den Beinen, und ihr wurde klar, dass sie auf diese Weise alles unterschreiben würde. Irgendwie war diese Unterhaltung so nicht fair.

»Liebling, wir beide sind erwachsene Menschen. Wir brauchen diese Verträge nicht. Außerdem, was willst du da unterschreiben? Die meisten dieser Verträge sind ein einziger Freibrief für den Sklavenhalter, so nach dem Motto: Ich darf alles fordern, und du musst alles geben. Dafür braucht es keine Tinte. Ich habe dir doch erklärt, wie es läuft. Du bist mein Eigentum, Punkt! Mehr gibt es dazu nicht zu sagen. Eigentum verpflichtet aber auch. Ich achte zum Beispiel sehr darauf, dass dieses Haus hier immer gut in Schuss ist. Glaub mir, diesem Haus ergeht es mit einem Eigentümer wie mir viel besser, als wenn es keinen hätte. Das wird bei dir nicht anders sein. Du brauchst einen Eigentümer, der auf dich achtgibt. Deine Gedanken werden dir sonst schaden. Bevor du dich versiehst, grübelst du über Probleme nach, wo keine sind.«

»Aber wie oft muss ich denn zum Beispiel Sex mit anderen haben? Ist das nur einmal am Tag, oder schickst du mich am Ende sogar in den Puff?«

»Wie es beliebt. Du wirst lernen, dich zu öffnen, nicht deinen Höhepunkt anzustreben, sondern für andere verfügbar zu sein, jederzeit. Das wird für dich irgendwann einmal völlig selbstverständlich sein, so wie das Atmen.

Und du wirst es brauchen wie das Atmen. Du wirst verschiedenen Männern und Frauen zugeführt, und diese werden dich benutzen. Deine Aufgabe wird es sein, deren Wünsche zu erfüllen, alles so gut zu machen, wie du es kannst.

Ich biete dir die Chance, ganz Frau zu sein. Vergiss den Quatsch mit den Büros, den langweiligen Gesprächen und den miesen Chefs. Hier wärst du ganz Frau, mit jeder Faser deines Körpers. Und du wirst als Frau behandelt. Nicht wie im Büro, wo einer über irgendeine Excel-Tabelle referiert und dabei denkt, was du wohl in der Bluse haben magst.

Hier triffst du Männer, die dir einfach an die Brüste gehen, eben weil du eine Frau bist und für so etwas da zu sein hast. Mit der Zeit wirst du immer besser werden. Du wirst lernen, dich so zu präsentieren, dass man gar nicht mehr anders kann, als dir an den Busen zu gehen oder zwischen die Beine zu fassen. Du wirst die Beste sein.«

Kiara dachte an ihre Gespräche mit Freundinnen und Freunden über die Rolle der Frauen in der Gesellschaft. Wozu hatte sie die eigentlich geführt, wozu hatte sie darüber gelesen, wenn dieser Mann nun alles ganz anders darstellen konnte, und sie auch noch brav zuhörte, ohne ihm gleich an die Gurgel zu springen? Konnte es sein, dass er bereits von ihr Besitz ergriffen hatte? War sie ihm schon hörig, wusste es aber noch nicht?

Er erhöhte den Druck auf ihre Brustwarzen.

»Schau mal, Liebling, ich möchte ja, dass du alles machst, was dich interessiert und worin du einen Lebenssinn siehst. Wenn du schreiben möchtest, dann schreib. Ich werde dich nicht daran hindern, höchstens fördern.

Willst du aber wirklich erfolgreich sein, dann solltest du täglich daran arbeiten, dich täglich trainieren und verbessern. Genauso ist das mit allem anderen auch. Bei mir wirst du täglich genommen. Ich werde für deinen Körper die Verantwortung übernehmen. Dafür möchte ich aber auch alle Eigentumsrechte besitzen. Habe ich mich verständlich ausgedrückt?«

Kiara war längst vollkommen wehrlos. Er drehte an ihren Nippeln, wie an einem Gerät, was er damit bedienen konnte. Mit seiner rechten Hand griff er ihr zwischen die Beine. Dann hielt er ihr seine feuchte Hand entgegen.

»Was rede ich denn da die ganze Zeit? Du überlegst noch, aber dein Körper hat sich längst entschieden! So sei es denn! Eventuelle Einwände können ab sofort nicht mehr geltend gemacht werden. Finde dich damit ab: Du bist jetzt meine Sklavin.

Komm bitte nachher so wie du bist nach oben. Ich suche dir dann etwas Passendes zum Essen heraus. Du wirst wieder Schuhe und Strümpfe tragen. Dazu allerdings auch eine Korsage, die deine Brüste noch etwas mehr zur Geltung bringt. Ich mag es gerne, wenn ein gutes Essen auch optisch anregend ist.«

Mark nahm seine Kleidung und machte sich auf den Weg zur Küche.

Kiara dachte über Marks Worte nach. Es stimmte schon, sie genoss die berufliche Anerkennung. Aber da war auch so viel Lebensangst in ihr. Wie sollte sie das alles schaffen? Einem Beruf nachgehen, vielleicht sogar mal bekannt sein, eine Wohnung unterhalten, sich einen Freund suchen, Freundschaften, ein paar Hobbys und die Beziehung zu ihren Eltern und Geschwistern pflegen, kochen können, ein erfülltes Sexualleben haben, vielleicht mal eine Familie … Wie sollte all das zu schaffen sein? Wie konnte die kleine Kiara, die gerade erst dabei war, erwachsen zu werden, dies alles bewältigen? Hatte Mark ihr etwa vorhin so etwas wie eine Arbeitsteilung vorgeschlagen?

Natürlich hatte das Ganze seinen Preis. Sie würde alle Rechte an ihrem Körper verlieren. Aber warum sollte sie es besser machen als Mark? Bislang jedenfalls konnte von einem erfüllten Sexualleben noch nicht die Rede sein. Kiara lächelte. Die Sache hatte ihren Reiz. Sie stellte die Dusche an, und prompt liefen ihr Tränen über die Wangen. Ach, verdammt. Er hat ja so recht! Ich will nicht für alles in meinem Leben die Verantwortung übernehmen müssen. Es gibt so vieles, wo ich einfach nur geführt werden möchte. Jens wäre dazu nie und nimmer in der Lage gewesen. Der hat doch noch viel mehr Probleme als ich. Bin ich keine emanzipierte Frau mehr, wenn ich so denke und fühle?, ging es ihr durch den Kopf. Nun gab es kein Halten mehr. Sie begann hemmungslos zu weinen.

Abendessen

Als Kiara das Esszimmer betrat, erschrak sie. Sie hatte unter der Dusche überhaupt nicht mitbekommen, dass in der Zwischenzeit Besuch gekommen war. Wie sich herausstellte, war es Marks Freund Michael.

»Oh, wer ist denn das?«, fragte er überrascht.

»Sie heißt Kiara.«

»Ist sie neu? Hast du wieder eine Novizin?«

»Sie hat gerade heute erst ihre ersten Lektionen gehabt.«

»Sie ist hübsch, gefällt mir. Kann ich sie mal ausprobieren?«

»Klar, Michael. Dafür ist sie ja da.«

Michael fasste in den Ring an Kiaras Halsband und zog sie daran sanft hinter sich her.

»Wir wollen gleich essen, und ich habe Hunger. Keine Sorge, viel Zeit ist also nicht. Ich werde nur mal kurz deine Öffnungen ausprobieren.«

Mit diesen Worten schob er sie in einen ihr noch unbekannten Raum, dessen markantestes Möbelstück eine große Liege war. Er zog sich aus und setzte sie vor sich hin. Kiara erinnerte sich an ihre ersten Lektionen und versuchte sich zu entspannen. Natürlich kam es auf Michaels Befriedigung an. Aber mehr noch wollte sie Mark gefallen. Wenn sie es gut machen würde, dann wäre Mark bestimmt mit ihr zufrieden.

Nachdem er in ihrem Mund gekommen war, legte er sie vor sich auf den Rücken und drang kräftig stoßend in sie ein. Zaghaft umschlang sie mit ihren Armen seinen Hals. Als dabei ein leichtes Lächeln über seine Lippen huschte, hob sie auch noch ihre Beine an, um sie ihm um die Hüften zu legen. Alles an ihr war jetzt nur noch dazu da, ihm zu gefallen, ihm Vergnügen zu bereiten. Ihr Atem verfiel in den Rhythmus seiner Bewegungen. Sie öffnete sich für ihn, bemühte sich aber, nicht selbst zu kommen.

Schließlich drehte er sie auf den Bauch, und zwar mit einer Selbstverständlichkeit, als würde er ein Stück Fleisch in der Pfanne wenden. Michael war stark gebaut, und die folgenden Minuten waren für sie sehr anstrengend. Als er dann von ihr ließ, war sie am Ende ihrer Kräfte.

Er gab ihr einen Klaps auf den Po. »Mit der Zeit wirst

du noch viel fitter werden, aber für den Anfang hast du deine Sache sehr gut gemacht. Im ersten Jahr dürfte es dir nicht leichtfallen, einem kräftigen Mann wie mir einen ausreichenden Widerstand entgegenzubringen. Aber glaube mir, mit der Zeit wird dir das immer besser gelingen. Hat Mark schon gesagt, ob er dich behalten will?«

Kiara hatte längst aufgegeben zu kämpfen. Eigentlich wäre die Gegenfrage angebracht gewesen: Und ich? Interessiert es niemanden, ob ich hierbleiben will?

»Ja, er hat vor einer halben Stunde mit mir gesprochen, und er will, dass ich bleibe.«

»Und du?«

Über Kiaras Gesicht huschte ein Ausdruck der Verblüffung.

»Ich durfte nicht mitentscheiden.«

»Ach, komm, Kiara, nun hab dich mal nicht so. Es ist auch immer deine Entscheidung. Klar, ich verstehe Mark. Die Frauen sind wie ein Fähnchen im Wind, und damit das nicht ewig so weitergeht, muss irgendwer mal eine Entscheidung fällen. Sonst kommt da einfach keine Richtung rein. Und die hat Mark jetzt für dich getroffen. Aber jeder von uns weiß: Du kannst keine Entscheidung gegen eine Frau treffen. Du kannst Frauen zu Sachen bringen, die sie sich vorher nie hätten vorstellen wollen. Aber du kannst sie nicht zu Sachen bringen, die sie nicht wirklich machen wollen. Also, wie sieht's bei dir aus?«

»Ach, weißt du, Michael, das alles ist noch sehr neu für mich. Ich habe mich heute Nachmittag das erste Mal mit Mark getroffen. Und jetzt wird bereits über mein restliches Leben entschieden, jedenfalls geht es in die Richtung. Und dieses restliche Leben hätte wohl nicht mehr viel mit meinem bisherigen zu tun. Du wirst sicherlich verstehen, dass ich sehr verunsichert bin. Andererseits bin ich alles andere als abgeschreckt, wenn du nachvollziehen kannst, was ich meine, obwohl ich das eigentlich sein müsste. Denn bislang verstößt ja fast alles gegen meine Prinzipien. Allein schon die Tatsache, dass ich in den letzten Stunden mit zwei mir völlig unbekannten Männern Sex hatte. Und jedes Mal mit Männern, die ich bislang nicht gerade zu meinen Traumprinzen gezählt hätte. Und beide Male so, dass es immer nur um deren Spaß ging. Darf es sonst noch was sein?«

Michael musste schallend lachen, zu süß sah sie mit ihrem Schmollmund und in ihrer Nacktheit aus. Er legte ihr eine Hand auf die Hüfte, mit der anderen strich er ihr über die Lippen, um sich dann aber doch wieder ihren Brüsten zu widmen.

Kiara erschrak ein wenig. Ohne auch nur darüber nachgedacht zu haben, hatte sie sich ihm wieder angeboten, ihm ihre Brüste unwillkürlich entgegengestreckt. Spätestens am Montag hat er mich zu einer billigen Nutte dressiert, dachte sie grimmig bei sich.

»Kiara, ich verstehe genau, was du meinst, aber mach es dir nicht schwerer, als es ist. Du möchtest angefasst werden, das ist so deutlich zu spüren. Und wenn das nicht passiert, dann wirst du eingehen wie eine Primel. Dein ganzer Körper sagt: ›Fass mich an, mach etwas mit mir.‹ Sorry, aber Mark hat recht. Du hast dich längst entschieden, du weißt es nur noch nicht. Natürlich stellt das jetzt dein ganzes Leben auf den Kopf, aber damit kommst du locker zurecht. Und zwar aus einem ganz einfachen Grund: Du veränderst dein Leben in etwas, was dir mehr entspricht, was besser für dich ist. Du wirst dabei gewinnen. Und das wirst du dir nicht entgehen lassen, egal, welche Prinzipien jetzt noch dagegensprechen mögen. Also ich freue mich auf die Zeit mit dir. Und glaub mir, ich werde absolut nichts auslassen. So zurückhaltend wie heute werde ich nicht immer sein. Wir sehen uns gleich beim Essen.«

Kiara sprang noch einmal kurz unter die Dusche. Wenige Augenblicke später machte sie den zweiten Versuch, nun endlich etwas zu essen. Mark hatte ihr ihre Kleidung bereits zurechtgelegt.

»Kiara, was ist deine Lieblingsspeise?«

»Ah, ich esse eigentlich fast alles gern. Ich mag gern Süßes, Spaghetti, Pizza, aber auch Fleisch und Fisch.«

»Na, da wirst du dich wohl ziemlich umstellen müssen. Du erinnerst dich hoffentlich noch: Dein Körper ist mein Eigentum. Und ich achte sehr darauf, dass es diesem gutgeht. Süßes, Spaghetti, Pizza, Körnerfraß, Brot, Softdrinks und was es sonst noch so alles geben mag, ist ab heute tabu.«

Kiara sah ihn verständnislos an. »Ja und was dann?«

»Deine Hauptspeise wird Fleisch sein. Wie meine übrigens auch. Heute Abend gibt es kalten Braten. Dort hast du ein paar Soßen. Die Sauce béarnaise ist nicht zu verachten, dazu gibt es etwas Gemüse, ein paar Kartoffeln. Du tust gut daran, dich in erster Linie an Fleisch zu halten.«

»Ich mag Fleisch, und ehrlich gesagt, Mark, ich würde heute Abend fast alles essen.«

Mark und Michael lachten.

»Ich lasse mir das Essen manchmal von Feinkost Meyer frei Haus liefern, wie heute. Aber noch häufiger gehe ich essen. Manchmal sind das Geschäftstermine, dann müsstest du dich selbst versorgen, aber darüber reden wir noch. Ansonsten möchte ich von dir begleitet werden, allerdings dann in einer angemesseneren Kleidung, die wir noch zusammen aussuchen. Gelegentlich bin ich auch privat eingeladen. Für manche dieser Einladungen wärst du jetzt schon ziemlich gut angezogen.«

Kiara schaute irritiert von ihrem Essen auf.

»Hab ich das jetzt richtig verstanden? Du möchtest, dass ich zu dir ziehe. Und wir gehen zusammen auf Sexpartys?«

»Ich möchte nicht, dass du zu mir ziehst, sondern du wirst zu mir ziehen.«

Marks Blick verfinsterte sich. »Rede ich hier vielleicht mit den Wänden oder was? Du wirst nächste Woche einen Umzug organisieren, hierherziehen und deine Wohnung auflösen. Meinst du, ich lasse mich auf eine Sklavin ein, die jederzeit heulend das Haus verlassen kann? Du kannst deine ganzen Geschäfte von hier aus erledigen. Dir wird es an nichts fehlen.«

Kiara erschrak ein wenig wegen seines harschen Tonfalls. »Aber wie soll das in der Praxis gehen, Mark? Ich muss manchmal in die Redaktionen, meine Manuskripte anbieten und besprechen. Vieles ist heute übers Internet möglich. Aber ganz normale Face-to-Face-Meetings sind noch immer nicht vollständig zu ersetzen. Außerdem bin ich hin und wieder zu Kongressen eingeladen, und andere möchte ich von mir aus besuchen. Ja, und dann habe ich einige Freundinnen, die ich auch nicht aufgeben möchte.«

»Du wirst einen eigenen kleinen Wohnbereich haben, der auch separat begehbar ist. Dort kannst du auch Besuch empfangen. Allerdings hast du kein Recht, das Anwesen ohne Absprache zu verlassen. Du kannst Freundinnen in der Stadt, in deren Wohnungen oder wo auch immer besuchen, allerdings möchte ich darüber Bescheid wissen. Sollte es noch irgendein Sexualverhältnis geben, so ist dies hiermit beendet. Deine Sexualität gehört ab sofort ausschließlich mir. Zu Kongressen, Veranstaltungen und Redaktionen kannst du natürlich auch gehen. Auch hier gilt, dass du mich vorher informierst, damit ich planen kann.«

»Aber ich muss dann manchmal mehrere Tage im Hotel übernachten. Im Herbst bin ich zu einem Kongress über Gender Mainstreaming in Berlin eingeladen, der dauert drei Tage, und da habe ich mich bereits angemeldet.«

»Was auch immer das sein mag, was du da aufsuchst, vielleicht überlegst du es dir noch mal, ob das auf Dauer besonders erstrebenswert ist. Natürlich kannst du solche Veranstaltungen besuchen und dabei im Hotel übernachten. Allerdings behalte ich mir vor, dir einen Stellvertreter zu schicken.«

»Einen Stellvertreter? Wie meinst du das?«

»Ich habe in vielen Städten ein paar Freunde oder Geschäftspartner. Außerdem arbeite ich schon länger mit verschiedenen Agenturen zusammen, bei denen man Frauen und Männer buchen kann.«

»Und?«

»Na, das würde zum Beispiel so laufen. Du hast dich bis spätestens 22.00 Uhr auf deinem Zimmer einzufinden. Irgendwann klopft es an der Tür. In den nächsten Stunden wirst du dich dann dem Mann, der Frau oder vielleicht auch mal einem Paar zur Verfügung stellen, und zwar rückhaltlos. Die Personen werden von mir instruiert, wie sie vorzugehen haben, und du hast keinerlei Rechte, an dem Szenario etwas zu ändern. In allen Fällen wirst du nicht kommen dürfen. Die Personen werden strikt darauf achten, vielleicht werden sie dich bewusst ein paarmal bis kurz davor stimulieren. Also überleg es dir gut, bevor du eine längere Veranstaltung buchst: Ich verbiete es dir nicht, aber es dürfte mit jedem Tag für dich schwerer werden. Natürlich gelten für die Stellvertreter andere Gesetze. Und diese hast du bedingungslos zu befriedigen. Vielleicht wird dich aber auch mal ein Freund oder eine Bekannte auf deiner Reise begleiten. Die entscheiden dann selbständig, was mit dir zu geschehen hat. In jedem Fall möchte ich, dass kein Tag vergeht, an dem du nicht sexuell beherrscht und benutzt wirst. Du brauchst das.«

Kiara wagte es nicht zu widersprechen, zu sehr fühlte sie die Feuchte zwischen ihren Beinen. Sie senkte den Blick, um sich schweigend wieder ihrem Essen zu widmen.

»Soll ich dir ein Handtuch bringen, Liebling?«

Kiara wurde rot. Dann stimmte sie aber in das Gelächter der beiden anderen ein.

Den Rest des Abends sprachen Mark und Michael über Geschäftliches, während sie abwechselnd mit Kiara spielten, die sich längst wieder ihrer Kleider entledigt hatte.

Der zweite Tag

Der Tag hatte mit einer längeren Einkaufstour durch diverse Boutiquen und Schmuckgeschäfte begonnen. Nun probierte Kiara gerade einige der neu erstandenen

Kleidungsstücke an, als Mark sie in ihrem Zimmer aufsuchte.

»Du kannst das so anlassen, Liebling. Wir müssen weg. Komm bitte.«

Kiara folgte ihm zum Auto.

»Und wohin bringst du mich?«

»Zu Klaus.«

Kiara hielt es für ratsam, keine weiteren Fragen zu stellen. Offenbar wollte Mark nicht mehr sagen. Vielleicht wollte er sie aber auch nur auf die Folter spannen.

Klaus war ein sehr muskulöser Mann von hünenhafter Gestalt. Auf Kiara wirkte er wie ein Bodybuilder.

»Darf ich vorstellen: Kiara, Klaus. Klaus wird in den nächsten Monaten dein persönlicher Fitnesstrainer sein. Du wirst ihn zweimal die Woche aufsuchen und vielleicht drei Stunden mit ihm trainieren. Du kannst ganz bequem mit dem Taxi zu ihm fahren.«

»Aber jetzt habe ich gar keine Fitnessklamotten dabei. Erst im Frühjahr hab ich mir ein paar Super-Schuhe zugelegt.«

»Für dieses Training benötigst du keine Sportsachen. Es geht nicht darum, wie lange und schnell du laufen kannst. Das Wichtigste ist die Stärkung deiner Rumpfmuskulatur: Bauch, Becken, Rücken und so. Es geht darum, uns möglichst ausdauernd zur Verfügung zu stehen. Natürlich wird Klaus sich ein Bild deines jeweiligen Entwicklungsstandes machen.«

Kiara schaute ihn mit großen Augen an. Innerlich schüttelte sie über sich den Kopf und dachte: Ach, wie naiv ich doch immer noch bin. Langsam sollte es doch mal klar sein, was dieser Mann mit mir vorhat. Ich brauche heute

Abend auch gar nicht zu fragen, warum ich so viel Fleisch essen soll. Aus irgendeinem Grund wird man mich dann besser oder länger ficken können, was weiß ich? Ich lasse jetzt einfach mal alles auf mich zukommen, keine großen Fragen mehr, und auch keine Dramen. Hat ja eh keinen Zweck. Wenn etwas Neues angeordnet wird, dann nur, weil sie mich dann noch besser rannehmen können.

Mark schien ihre Gedanken zu erahnen. »Liebling, mach dir keinen Kopf. Du kennst deine Aufgaben. Die sollst du optimal erfüllen können. In deine anderen Interessen musst du selbst investieren. Ich kann dich gern dabei unterstützen. Aber um deine Aufgabe, mir und anderen Lust zu bereiten, kümmere ich mich selbst.«

Bei diesem ersten Training war Mark ausnahmsweise anwesend. Er sah zu, wie sie ihre Rücken- und Bauchmuskulatur stärkte und ihre Ausdauer in verschiedenen Positionen verbesserte. Und wie Klaus sie mehrmals testete.

Zu Hause nahm sie erst einmal ein heißes Bad. Ihre Muskeln waren müde. Am liebsten wäre sie auf der Stelle eingeschlafen. Sie saß im Bademantel auf dem Bett und döste vor sich hin, als Mark zu ihr kam.

»Liebling, zieh dir bitte etwas Hübsches an. Ich möchte mit dir essen gehen.«

Eigentlich war sie zu erschöpft dafür. Aber irgendwas würde sie bestimmt noch runterkriegen.

»Was macht eigentlich deine Klitoris?«

»Ach, die ist sehr angespannt, weil ich bislang noch nicht gekommen bin. Warum fragst du? Möchtest du sie mir sicherheitshalber überreizen?«

Kiara war nach den Anstrengungen des Tages viel zu müde, als sich über so etwas noch große Gedanken zu machen. Sollte er es wollen: Sie würde ihre Beine breit machen und sich hingeben. Es wäre schön, wenn er sie endlich mal kommen ließe, denn es hatte sich sehr viel Lust in ihr aufgestaut. Aber heute Abend würde sie auch so sofort einschlafen.

Er kam auf sie zu und gab ihr einen langen Kuss. »Nein, das hatte ich nicht vor. Vielleicht morgen Abend, bevor du nach Hause gehst, um deine Angelegenheiten zu regeln. Ich kann dich ja nicht einfach so in der Gegend herumstreunen lassen.«

Er streifte ihr den Bademantel ab und nahm sie zärtlich in die Arme. Er war erstaunt, wie wehrlos und zerbrechlich sie jetzt war.

»Ich bin sehr mit dir zufrieden, Liebling. Deine Antwort gerade eben hat mich sogar regelrecht gerührt. Dass du nach den zwei Tagen, die für dich bestimmt nicht leicht waren, noch wie selbstverständlich dazu bereit bist, für weitere Tage auf einen Höhepunkt zu verzichten, ehrt dich wirklich. Du wirst eine perfekte Sklavin und vielen Menschen Freude bereiten. Das ist nicht wenig. Wer kann das schon von sich selbst behaupten? Komm, setz dich für einen Moment hier vor mich hin.«

Kiara gehorchte, nackt und müde, wie sie war. Sie legte den Kopf an seine Schulter und war nun vollkommen entspannt. Wenn er wollte, dann würde sie ihm auch jetzt wieder alles bieten. Seine rechte Hand wanderte ganz langsam über ihre Brüste, ihren Bauchnabel, ihren Venushügel, um schließlich in Kiaras Lustgrotte ihr Ziel zu finden. Mit der linken Hand umfasste er ihre rechte Brust. Und in den nächsten Minuten erlebte Kiara die beiden intensivsten Höhepunkte ihres Lebens.

Der dritte Tag

»Wie geht es dir heute, Liebes?«

Mark zog die Gardinen in ihrem Zimmer auf. Die Sonne kitzelte ihre Nase.

»Hi, Mark. Wie spät ist es?«

»Schon zehn. Offensichtlich war das gestern doch ein bisschen zu viel für dich.«

»Ist schon okay. Mein Körper fühlt sich zwar an, als wäre ein Lkw darübergerollt, aber wenn ich mich gleich ein bisschen strecke und unter die Dusche springe, sieht bestimmt schon alles wieder viel besser aus.«

»Dann mach das. Denn vor dem Frühstück gibt es noch ein Training.«

»Schon wieder? Ich denke, ich muss da nur zweimal in der Woche hin.« Kiara versuchte ihre Haare zurechtzuwuscheln.

»Heute Morgen trainierst du mit dem Sybian.«

»Mit dem, was?«

»Du wirst schon sehen. Lass dich überraschen. Wenn du fertig bist, erwarte ich dich in meinem Arbeitszimmer. Du trägst lediglich dein Halsband, das du dir ja immer umzubinden hast.«

Eine halbe Stunde später war Kiara so weit. Sie war immer noch recht schläfrig. Eine Tasse Kaffee hätte ihr jetzt gutgetan.

»Darf ich nicht erst mal einen Kaffee trinken? Ich bin noch nicht so richtig wach.«

»Das, was jetzt kommt, ersetzt zehn Tassen Kaffee.«

Kiara schaute ihn verwundert an.

Mark führte sie in einen Nebenraum, in dem sich eine

Maschine mit einer penisartigen Ausbuchtung befand. Er befeuchtete den Kunstpenis mit etwas Gleitgel, um sie dann zu bitten, sich auf die Maschine zu setzen und den Penis in sich einzuführen. Mark legte ihr Gurte um Ober- und Unterschenkel, die ihr die Bewegungsfreiheit der Beine nahmen. Dann fesselte er ihr die Handgelenke mit Lederarmbändern, schloss diese zusammen, befestigte eine Kette daran und zog sie zur Decke hoch. Kiara war nun gestreckt und fixiert.

Als er die Maschine anstellte, spürte Kiara sofort, von welcher Art diese Höllenmaschine war.

»Mark, du hast mich doch gebeten, mich zurückzuhalten. Hier werde ich unweigerlich zum Orgasmus kommen. Ich werde das nicht aufhalten können, es sei denn, du nimmst das Tempo ein bisschen heraus.«

»Liebling, ich verfolge eine Doppelstrategie. Du sollst lernen, deinen Höhepunkt zu verhindern. In den nächsten Monaten wirst du dich mit den dafür erforderlichen taotischen Techniken beschäftigen. Du sollst uns deine ganze sexuelle Energie zur Verfügung stellen und sie nicht einfach verpulvern. Außerdem möchte ich deine Orgasmusfähigkeit trainieren. Das ist ein schöner Gegeneffekt. Einerseits wirst du immer orgasmusfähiger, andererseits wirst du lernen, deinen Höhepunkt perfekt zurückzuhalten. Eine sehr anspruchsvolle Aufgabe für eine perfekte Sklavin. Und ich freue mich sehr darauf, dich in dieser Weise zu erziehen. Du wirst Höhepunkte auf dieser Maschine erleben, aber ich werde es dir dabei nicht zu leicht machen. Alle anderen Orgasmen werden ganz seltene Geschenke an dich sein.«

Kiara spürte, wie sie langsam auf den ersten Höhepunkt zusteuerte.

»So, als Erstes lege ich dir mal eine Busenkette an, eine, die dich auch ein bisschen fordert.«

Schmerz umspannte ihre Brust. Als sie das erste Mal ihren Höhepunkt erreichte, zerrte Mark gleichzeitig leicht an ihrer Kette. Orgasmus und Schmerz verschmolzen zu einer Einheit. Die nächste halbe Stunde kam sie vielleicht noch zehn weitere Male, wobei Mark sie jeweils eingehend mit der Peitsche behandelte. Als er die Maschine abstellte und sie von ihren Fesseln befreite, sank sie erschöpft und am Ende ihrer Kräfte in sich zusammen. Sie schwitzte am ganzen Körper.

Mark hob sie an und küsste sie zärtlich auf den Mund. Sofort schlang sie ihm die Arme um den Hals. Sie fühlte sich jetzt sehr weiblich, ihm völlig ausgeliefert und doch auch geborgen.

»Komm, Liebling. Ich massiere dich erst mal ein bisschen, danach gibt es dann Frühstück. Du musst ja einen Bärenhunger haben. Vielleicht wird man sich deiner heute noch ein paarmal bedienen, den schwereren Teil jedoch hast du für heute hinter dir. Ich bin sehr stolz auf dich.« Er gab ihr einen Kuss, den sie erwiderte.

Nach einem ausgiebigen Frühstück, bei dem sie eine Riesenportion Rührei verdrückte, verbrachte Kiara einen eher geruhsamen Tag. Mark zeigte ihr ihre zukünftigen Räume. Dann gab er ihr eine Business-Karte einer Umzugsfirma und wies sie an, alles Notwendige zu erledigen, damit sie spätestens am nächsten Wochenende bei ihm eingezogen sei. Sie versprach ihm, alles wunschgemäß auszuführen.

Am Nachmittag erschien noch ein Geschäftspartner Marks. Und auch ihm war sie zu Willen.

Schließlich kam dann aber der Augenblick des Abschieds.

»Hast du einen Slip an?«

»Nein. Ach, du willst bestimmt … Muss ich dann nicht spätestens am Mittwoch hier wieder erscheinen, damit du …?«

»Nein, das habe ich nicht vor. Ich vertraue dir, denn du hast mich bis jetzt nicht enttäuscht. Du streunst bestimmt nicht gleich in der Gegend herum, also kann ich mir so etwas ersparen. Ich bin eher daran interessiert, deine Prüfung etwas zu erschweren.«

»Erschweren? Inwieweit?«

»Nun, du bist eine junge Frau, sozusagen eine junge läufige Hündin. Aber du sollst in den nächsten Tagen deinem Sexualtrieb widerstehen. Und das möchte ich dir etwas erschweren.«

»Und wie?«

»Setz dich bitte genau zwischen mich, den Rücken mir zugewandt. Und schieb deinen Rock hoch. Ich werde dich nun ein wenig fingern. Du hast ja heute deine Orgasmusfähigkeit trainiert. Diese Erfahrung erschwert es dir, dich zurückzuhalten. Also ich möchte, dass du mir genau mitteilst, wenn du ganz kurz vor deinem Höhepunkt bist. Bist du so weit?«

In der nächsten Stunde wurde Kiara fünfmal von Mark bis unmittelbar vor einen Höhepunkt gebracht. Sie hätte am liebsten geschrien, um ihn zu einer weiteren Stimulation zu bewegen. Aber er hörte immer genau rechtzeitig auf.

»So, ich denke, nun bist du so weit.«

Er gab ihr einen festen Klaps auf den Po.

»Ich bringe dich jetzt zu deiner Wohnung. Und nicht vergessen: In dieser Woche gibt es keinen Sex, du besorgst es dir nicht selbst und die Brause wird auch nur zum Duschen benutzt. Und Sex mit anderen ist strengstens verboten. Verstanden?«

»Ja, verstanden, Mark.« Kiara seufzte. Dies würde weiß Gott keine leichte Woche werden.

Ellen und Alina

Nehmen

Ellens dunkelgrüne Augen funkelten Kiara an. Sie war eine hochgewachsene, vielleicht 40-jährige Frau, sehr modisch und elegant gekleidet, so wie es nur die Leute vermögen, die mit einem goldenen Löffel im Mund geboren werden. Mark hatte Kiara am Morgen bei Ellen abgeliefert. Einen Grund hierfür nannte er nicht.

Ellen forderte Kiara auf, sich auszuziehen und sich auf ein am Ende des Raumes stehendes großes Bett zu legen. Ellen setze sich neben sie. Mit einer schnellen Bewegung fasste sie ihr an die Brust. Kiara zuckte unwillkürlich zurück. Diese Frau machte ihr Angst.

»Hör mal, Kleine. Du kannst es auf zweierlei Arten haben. Entweder du machst alles, was ich will, dann haben wir ein wenig Spaß miteinander, oder du spielst verrückt, und dann muss ich es mir auf andere Weise holen. Das wird dir bestimmt nicht gefallen.«

»Stehst du auf Frauen?«, erkundigte sich Kiara.

»Damit wir mal eins gleich klarstellen. Ich möchte nicht gefragt werden, während ich dich benutze. Reden darfst du nur, wenn ich es dir erlaube. Ist das klar?«

Ihre Stimme klang kalt.

Kiara nickte, um keinen weiteren Fehler zu begehen.

»So ist es schon besser. Aber ich will mal ausnahmsweise deine Frage beantworten. Nein, ich stehe nicht auf Frauen. Aber ich benutze sie gern als meine Sklavinnen. Manchmal gebe ich sie dann an Mark weiter, dafür revanchiert er sich mit seinen Sklavinnen. Eine Hand wäscht die andere. Ich habe gern immer wieder andere Mädchen. Ich mag dieses Nehmen, mir alles nehmen. Wunderbar finde ich es immer, wenn ich eine dann später mal mit ihrem Freund auf irgendeiner Party treffe. So wie ich sie hatte, wird ihr Freund sie nie bekommen. Und ich schaue sie dann an wie etwas, das ganz mir gehört. Und ich genieße ihre Verlegenheit dabei. Andere würden sich mir sofort an den Hals werfen, damit ich es gleich dort vor Publikum noch einmal mit ihnen mache. Für die habe ich nur Verachtung übrig. Ich mag mehr die Schüchternen, die sich noch dafür schämen, dass sie mir in die Hände gefallen sind. Aber auch die sind letztendlich für mich nur ein Stück Fleisch, das ich mal in den Fingern hatte. Wertlose Hühner mit hübschem Körper und sonst nichts.

So, und Mark hat dir sicherlich schon einiges beigebracht. Ich hoffe, dass du das noch im Kopf hast. Denn ich habe keine Lust, mich hier mit einer Zicke abzumühen. Wenn ich etwas will, dann wird das gemacht, verstanden?«

Kiara nickte. Und gleichzeitig stieg ihr die Schamesröte ins Gesicht. Sie wusste schon jetzt, dass auch sie eine von den Schüchternen wäre. Sie schämte sich dafür, wie sie jetzt entblößt und wehrlos vor dieser eleganten Frau lag, und wie sie sich ihr präsentierte.

»Erst mal werden wir dich rasieren. Alina, meine Sklavin, kann das sehr gut. Mich wundert immer wieder, wie wenig

Wert Mark darauf legt, selbst die Slips nimmt er euch nicht weg, na ja. Aber das wird sich ändern. Ab jetzt hat dein ganzer Körper stets komplett rasiert zu sein. Alina!«

Sie rief sehr laut nach ihrer Sklavin, und bald darauf waren eilige Schritte zu hören. Eine wunderschöne, etwas orientalisch anmutende, noch sehr junge Frau trat ein. Sie trug lediglich ein aus Silberschmuck bestehendes durchsichtiges Kleid. Kiara fühlte sich sofort zu ihr hingezogen.

»Rasier sie, aber sorgfältig. Ich möchte sie in ihrer vollen Pracht erleben, so wie sie vorher noch keiner gesehen hat. Und du, Kindchen«, nun an Kiara gewandt, »lass dir schon mal alles durch den Kopf gehen, was du bisher gelernt hast. Das gilt auch für die Zeit, in der dich Alina rasiert.

Ach ja, Alina, und sorg dafür, dass sie danach für mich leicht zugänglich ist.« Und mit diesen Worten rauschte sie zur Tür hinaus.

Kiara bekam Panik. Ihre Scham stieg ins Unermessliche, gleichzeitig wurde ihr bewusst, wie unausweichlich die Situation war. Sie versuchte sich zu entspannen und ließ sich die Lektionen noch einmal durch den Kopf gehen. Viele Dinge waren ihr aber ohnehin längst in Fleisch und Blut übergegangen. Allerdings war es ihr unangenehm, sich auf diese Weise gegenüber Ellen zu präsentieren. Männer waren fremder, das machte die Sache einfacher. Dieser Frau gegenüber aber fühlte sie sich besonders nackt, wehrlos und offen.

Sie entschloss sich, auf jeden Fall zu gehorchen. Ellen würde sich ja eh bei ihr durchsetzen. Sie wirkte grausam, und ihre abfällige und herrische Sprache verstärkte nur den Eindruck. Wenn sie nicht das machte, was Ellen von ihr verlangte, dann würde sie sehr viele Schmerzen ertragen müssen und es dann doch tun. Dann es lieber gleich tun, auch wenn es sie in ihrer Würde verletzte.

Während Alina sie einseifte, schob sie ein wenig ihr Becken nach vorn. So, das ist bestimmt das, was von mir erwartet wird, dachte sie. Sie hatte schon immer mal mit dem Gedanken gespielt, sich ganz zu rasieren, aber Jens hatte das nie gewollt. Er wollte zum Beispiel nicht, dass andere sie so in der Sauna sahen, die sie einmal in der Woche besuchten. Sie hatte nie herausgefunden, ob er befürchtete, andere könnten dann alles bei ihr sehen oder vielleicht denken, sie sei besonders leicht zu haben. In ihrer Sauna war nur eine einzige Frau rasiert gewesen. Sie hätte ihn ja auch mal nach seinen wirklichen Gründen fragen können, das aber wiederum traute sie sich nicht.

Derweil setzte Alina das Messer an, und Kiara bewegte sich ihm noch ein Stück entgegen.

»Bitte halt jetzt ganz still«, sagte sie nur, und Kiara wusste genau, was sie meinte.

Die Prozedur dauerte bestimmt zehn Minuten, dann verschwand Alina ganz kurz und kam mit einer Schüssel Wasser, einem Handtuch und einem Waschlappen zurück, mit dem sie den restlichen Schaum entfernte. Sie machte alles mit großer Anmut und Ergebenheit.

Alina räumte die Schüssel weg und setzte die Reinigung von Kiaras nun rasierter Scham fort. Danach cremte sie sie noch etwas ein. Nachdem sie alles entsorgt hatte, beugte sie ihren Kopf zwischen Kiaras Schenkel und begann ihre nun glatten Schamlippen zu lecken. Kiara öffnete ihre Schenkel besonders weit und schob Alina das Becken entgegen, und zwar in dem gleichen Rhythmus, in dem sie mit der Zunge in sie eindrang. Alina tat dies mit großer Leidenschaft, und Kiara wurde sofort sehr feucht.

»Ich darf eigentlich nicht mit dir reden«, flüsterte Alina. »Bitte sei ganz leise. Sie kommt erst in einer Viertelstunde wieder. Ich soll dich nur feucht machen, damit du dich entspannst und sie es dann gleich leichter hat. Darf ich dich unten küssen? Ich mag dich. Du bist sehr schön.«

Kiara richtete sich ganz kurz auf und gab dem verdutzten Mädchen einen Kuss auf den Mund. Alina gefiel ihr sehr. Sie sah wunderschön aus. Freudig ließ sie sie gewähren. Mit einer Hand strich sie dabei über Alinas Haar.

Wenig später erschien Ellen. »Alina, mach die Kleine noch ans Bett fest.«

Alina legte Kiara lederne Fuß- und Handgelenkfesseln an, die anschließend an den Bettpfosten befestigt und festgezurrt wurden. Kiara war nun gespreizt und fixiert.

»So, Kleines, nun will ich mich mal ein bisschen um dich kümmern. Hattest du schon mal Sex mit einer Frau?«

»Darf ich antworten?«

»Ja, würde ich dich sonst fragen? Was ist bloß mit euch Mädchen heutzutage los?«

»Nein, noch nie.«

Aus irgendeinem Grund zog es Kiara vor, Ellen diesbezüglich nicht die Wahrheit zu sagen.

»Würdest du es denn gern mal mit einer Frau versuchen?«

»Ja, gereizt hat mich das schon immer, sogar in der Schule habe ich mal daran gedacht.«

»Lass besser die Finger davon. Ist nur so ein Schmusekram, der sowieso keinem was bringt. Ich stehe mehr auf harten Sex.«

Sie stand auf, kramte kurz in einer Schublade und kam mit einer Tube Gleitgel zurück.

»Ganz ehrlich, ich sehe Frauen in erster Linie als Konkurrentinnen. Von den Männern will ich was. Die sind für mich auch auf gleicher Ebene. Frauen möchte ich erniedrigen und mir unterwerfen. Besonders viel Spaß macht das natürlich, wenn eine so hübsch gebaut ist wie du.

Ich weiß ja nicht, wie viele Schwänze sie dir schon reingeschoben haben. Mark wird dich bestimmt ganz schön auf Trab halten. Aber heute bekommst du es mit einem ganz besonders großen Ding zu tun, nämlich meiner Faust.«

Als hätte Kiara es geahnt. Sie hatte so etwas schon mal im Internet auf Fotos gesehen, konnte sich aber nie richtig vorstellen, wie das bei ihr funktionieren sollte. Schließlich war sie ziemlich eng gebaut. Aber bei Lisas Monster-Vibrator war es ihr ja unerwartet auch gelungen.

»Schätzchen, du musst dich nur entspannen. Den Rest überlass einfach mir. Ich schaffe das bei allen, glaub mir. Hundertprozentig! Wenn es dann so weit ist, macht Alina noch ein paar Fotos von dir, und die stelle ich dann ins Internet. Mark will dich ja so anschauen können. Allerdings bekommst du noch einen Balken vors Gesicht. Mark besteht darauf. Ich würde das einer Sklavin nicht zugestehen. Ist aber seine Sache. Von Alina haben wir eine ganze Serie wunderschöner Cumshots und Blowjobs. Die schaue ich mir manchmal auch an. Cumshots und Blowjobs mit einer Lesbe. Wer kann damit schon aufwarten?«

Kiara widerte es regelrecht an, diese Frau nun gleich an sich herumhantieren zu lassen. Sie schien nur Respektlosigkeiten von sich zu geben. Aber noch mehr tat ihr Alina leid. Wie demütigend musste es für dieses sanfte, anmutige und nur auf Frauen stehende Mädchen sein, ständig zu Cumshots genötigt zu werden.

Kiara versuchte sich zu beruhigen, weil sie sonst verkrampfen würde, und das wäre nicht gut bei dem, was Ellen mit ihr vorhatte.

Die nächste Stunde bewegte sich Ellen langsam in Kiara voran. Erst waren es nur ein paar Finger, doch dann folgte allmählich die ganze Hand. Schließlich war ihr halber Arm verschwunden.

Alina machte die versprochenen Fotos.

»So, Kindchen, den kleineren Teil haben wir geschafft. Nun werde ich meine Hand langsam zu einer Faust ballen, und dann wirst du noch auf diese Weise gefickt. Viele Mädchen bringe ich damit zum Abspritzen. Enttäusch mich nicht. Das ist für mich nämlich immer der Höhepunkt der Sitzung.

Ach ja, du brauchst erst gar nicht zu versuchen, nicht zu kommen. Wirst du sowieso. Und das nicht nur einmal.«

Wenig später wusste Kiara, wie recht Ellen hatte. Nachdem sie eine Faust gebildet hatte, bewegte sie ihren Arm in Kiara wie einen riesengroßen Penis hin und her. Mit der anderen Hand quälte sie ihre Nippel. Nach kurzer Zeit gab es für Kiara kein Halten mehr. Sie entlud sich in mehreren intensiven Orgasmen. Irgendwann hatte Ellen ihren G-Punkt so gereizt, dass sie sogar kräftig abspritzte. Und Alina hielt alles in Bildern fest.

Ellen war zufrieden. Dann hockte sie sich über Kiaras Mund, um sich von ihr mit der Zunge verwöhnen zu lassen. Dabei bedachte sie Kiara – und Frauen generell – mit weiteren verbalen Respektlosigkeiten.

»Das hat ja doch alles wunderbar geklappt. Mal wieder ein Mädchen mehr. Alina, ruf bitte Kurt an, der soll jetzt kommen und Kiara ihren Schmuck anlegen.«

Kiara war noch viel zu erschöpft, um sich darüber zu wundern.

Tattoo

»Du bekommst noch ein paar Piercings in deine Schamlippen. Und hier auf der Seite deines Venushügels machen wir dir noch ein kleines Tattoo mit einer Schlange in E-Form. Das ist mein Brandzeichen. Daran können dann andere sofort sehen, dass du von mir getestet wurdest. Viele Dominas wählen ihre Dienerinnen danach aus. Achte mal auf Partys darauf, welche Mädchen so etwas haben. Die habe ich dann alle schon gehabt. Du gehörst nun auch zu diesem exklusiven Club. Rasier dich regelmäßig, damit das Brandzeichen immer schön sichtbar bleibt. Ich wollte dir noch ein Zungenpiercing verpassen, weil meine Freundinnen zum Teil auf so etwas stehen. Die spüren dann mehr, wenn sie geleckt werden. Aber Mark war dagegen. Na ja, was nicht ist, kann ja noch werden. Vielleicht rangiert er dich mal aus, und dann gilt: neues Spiel, neues Glück.«

Eine halbe Stunde später erschien Kurt.

»Kurt, nach deinem Werk braucht sie ja erst mal ein paar Tage Ruhe. Also wenn du dich noch ein bisschen vergnügen möchtest, dann am besten jetzt. Ist eine ziemliche Süße, lohnt sich bestimmt. Außerdem ist sie im Moment noch gut geweitet. Du dürftest also ganz leicht reinkommen. Ach ja, wenn du dich auch bei Alina bedienen möchtest, dann tu dir bitte keinen Zwang an.«

»Danke, ich sehe schon. Ja, die lasse ich mir nicht entgehen.«

Kurt zog sich aus, streifte sich ein Kondom über und trieb dann eine Viertelstunde lang ein sehr einsames Spiel, an dem er Kiara nicht beteiligte. Danach drang er noch ähnlich teilnahmslos in Alina ein. Sie stützte sich dabei, den Blick auf die Wand gerichtet, auf einen Tisch.

»Alina, reinige bitte ihren Unterleib. Da klebt noch überall Gleitgel dran. Der ganze Bereich muss praktisch steril sein, sonst kann ich nicht arbeiten.«

Kurt arbeitete schnell und effizient. Eine Stunde später trug Kiara den von Mark zur Verfügung gestellten Intimschmuck und das von Ellen beauftragte Tattoo.

Unendlich weiblich

Ellen ließ Kiara an der Decke anbinden, und zwar so, dass sie den Boden nur noch mit den Zehenspitzen berührte. Ihre einzige Kleidung war ihr Halsband und ihr neuer Intimschmuck.

»So, Kindchen, und damit du die dir von Kurt bereiteten Schmerzen schneller vergisst, werde ich mich noch ein wenig mit deinem Rücken beschäftigen.«

In der nächsten Stunde ließ Ellen ihre Peitsche auf Kiaras Rücken niedersausen. Nach einigen Schlägen legte sie jeweils Pausen ein, damit ihr Arm, aber auch Kiara, sich etwas erholen konnten. So schien auch Mark diese Prozedur zu praktizieren und genießen.

Alina hatte die Aufgabe, sie dabei festzuhalten.

»Ich kann es nicht ab, wenn eine freche Göre wie du sich meinen Schlägen entziehen möchte. Alina, halt sie an ihrer Hüfte fest, damit ich die Schläge schneller und präziser ausführen kann.«

Und so kam es, dass Kiara, durch ihre Aufhängung nun etwas größer, bei jedem Peitschenhieb mit ihrem entblößten Busen den Hals oder häufig sogar die Lippen Alinas berührte. Sie vergaß die ihr zugefügten Schmerzen und konzentrierte sich ganz auf die sie liebkosenden Hände und die sie nach jedem Schlag empfangende leichte Zuneigung. Ihr Körper schien jetzt Peinigungen in Liebe zu verwandeln. Sie befand sich in einem Zustand der völligen Hingabe.

Etwa eine Stunde nach Beendigung der Tortur holte Mark sie ab. Sie baumelte kraftlos in ihrer Aufhängung. Mark machte sie los, befreite sie von den Fesseln, liebkoste sie am ganzen Körper, nahm sie in die Arme und trug sie hinaus. Dort legte sie ihm die Arme um den Hals, während er sie immer wieder auf den Mund küsste. Sie fühlte sich in diesem Augenblick unendlich weiblich, zumal sie jetzt noch einen Teil Alinas in sich verspürte.

»Bist du mein Ritter, der gekommen ist, mich von der bösen Hexe zu befreien?«

Mark musste grinsen. »Ich will diese freche Bemerkung jetzt einmal ausnahmsweise überhört haben.«

Die Liebkosungen Marks hörten auch zu Hause nicht auf. Immer wieder streichelte und küsste er sie. Schließlich nahm er sie ein letztes Mal in ihrer engsten Stelle, woraufhin sie in einen tiefen Schlaf fiel.

Dr. Feldmann

Miriam

Kiara hatte sich mit Marks Erlaubnis mit ihrer besten Freundin Miriam für einige Stunden im Maincafé verabredet. Sie liebte diesen Ort. Einerseits saß man direkt am Main und hatte von hier aus einen ungehinderten Blick auf die Skyline von Frankfurt, andererseits lag das Café in unmittelbarer Nachbarschaft zum Museum für Kommunikation, dem Ort, an dem sie Mark zum ersten Mal begegnet war. Die ganze Gegend hatte für sie seitdem etwas Schicksalhaftes an sich.

Die beiden Freundinnen hatten viel zu bereden. Allerdings wagte Kiara es nicht, Miriam die volle Wahrheit zu gestehen, schließlich war sie ja schon einmal mit ihren Phantasien bei ihr auf Unverständnis gestoßen. Die Art und Weise ihres Verhältnisses zu Mark wollte sie nicht preisgeben, wenngleich ihre Freundin ständig versuchte, ihr irgendwelche Details zu entlocken. Später waren sie ins N.Y.C. weitergegangen, um noch etwas zu Abend zu essen. Kiara bestellte sich zur Verwunderung ihrer Freundin ein medium gegrilltes Rib-Eye-Steak mit Salat und trank Wasser dazu.

»Was ist denn mit dir los? Seit wann ziehst du dir die großen Steaks rein?«

»Nun ja, Geld ist momentan nicht mein Problem.«

»Aber Kiara, du willst mir doch nicht weismachen, dass du früher Spaghetti gegessen hast, nur weil die billiger als dein Steak da sind?«

»Doch, ich glaube schon. Jetzt, wo ich nicht mehr aufs Geld achten muss, esse ich lieber Fleisch.«

Kiara schämte sich innerlich, Miriam so zu belügen. Das hatte sie wirklich nicht verdient.

Dann begann sie Miriam von ihrem Buchprojekt zu erzählen, und ehe sie es sich versahen, war es draußen schon dunkel.

»Trinkst du noch ein Gläschen Wein mit? Ich muss dir noch was von Paul erzählen.« Paul war Miriams Freund.

Die Pflichtverletzung

Kiara schaute auf die Uhr und erschrak. Sie hatte Mark versprochen, gegen 22 Uhr zurück zu sein, und nun war es bereits eine Stunde später.

»Ach du liebe Güte. Ich muss sofort anrufen. Ich wollte um zehn zu Hause sein, hab aber ganz die Zeit vergessen.«

»Was ist denn das für ein Verhältnis, Kiara? So kenne ich dich ja gar nicht. Aber viel hast du mir ja auch nicht erzählt, wirst schon deine Gründe dafür haben«, kam es etwas spitz von Miriam.

Kiara rief aufgeregt an, während Miriam sie kritisch betrachtete.

Mark unterbrach sie nach wenigen Sätzen: »Kiara, mir

ist es ganz egal, was war und ist. Du bist in wenigen Minuten hier!« Ein knackendes Geräusch signalisierte ihr, dass er aufgelegt hatte.

»Miriam, ich gebe dir dreißig Euro, das müsste reichen. Bitte bezahl für mich mit. Ich hab dich sehr lieb, aber ich muss jetzt sofort weg, denn ich habe meinen Termin total verschwitzt. Am Schweizer Platz stehen meist Taxis. Da laufe ich jetzt schnell hin. Ich kann dir das im Moment nicht erklären. Bitte versteh mich!«

Sie schnappte sich Jacke und Handtasche und rannte los. Miriam sah ihr völlig konsterniert hinterher.

Zu Hause angekommen, wartete Mark bereits ungeduldig auf sie. Er nahm sie sich sofort vor.

»Was hast du dir dabei gedacht? Wenn wir 22 Uhr verabredet haben und du es nicht schaffst, dann erwarte ich um Punkt 22 Uhr einen Anruf. Wenn der nicht kommt, dann kann dir nur noch höhere Gewalt helfen, aber die Quatschlust deiner Freundin fällt eindeutig nicht darunter. Oder willst du mir jetzt ernsthaft weismachen, bei diesem Weiberkram handele es sich um höhere Gewalt? Glaubst du, bei Weibergesprächen gäbe es einen Aufschlag, weil ihr euer loses Mundwerk – einmal in Gang gesetzt – nicht mehr stoppen könnt?«

»Nein, Mark, entschuldige bitte. Tut mir wirklich aufrichtig leid. Ich habe nicht auf die Uhr geschaut. Es war mein Fehler, nicht ihrer. Das sehe ich ja alles ein.«

»Natürlich war es dein Fehler. Mit ihr habe ich ja auch keine Vereinbarung. Oder meinst du, es wäre besser, ich sollte mich auch mal mit ihr unterhalten? Ist sie verwendbar?«

»Mark, bitte! Lass Miriam aus dem Spiel. Sie ist nur

meine beste Freundin und hat mit der ganzen Sache nichts zu tun. Es war einzig und allein mein Fehler.«

»Mit welcher ganzen Sache? Was hast du mir sonst noch zu beichten?«

»Ach, Mark. Ich meine doch nur unsere Vereinbarung und unser Verhältnis, hab mich schlecht ausgedrückt. Tut mir leid. Ich habe dich enttäuscht.«

»Nun gut. Also, ich rekapituliere: Du solltest um 22 Uhr zu Hause sein, warst es aber nicht. Anstatt mich spätestens um Punkt 22 Uhr davon zu unterrichten, maßt du dir an, mich erst gegen 23 Uhr 15 über deine weiteren Pläne zu informieren.«

Mark war anzumerken, dass er seine momentane Rolle genoss.

»Ich habe dich nach deinen Gründen für diese außerordentliche Pflichtverletzung gefragt, und alles, was ich höre, ist: ›Tut mir leid.‹ Nein, Kiara, Entschuldigung nicht akzeptiert! So geht das nicht. Wer nicht hören will, muss fühlen. Und du wolltest offenbar nicht hören!«

»Mark, ich bin mir meiner vollen Schuld bewusst. Wenn du meinst, ich müsse dafür bestraft werden, dann tu es. Du hast recht, ich habe mich nicht an deine Regeln gehalten. Tut mir wirklich leid.«

»Ach, willst du mir jetzt auch noch Ratschläge erteilen, was ich in diesem Fall zu tun oder zu lassen habe? Vielleicht fängst du gleich auch noch an zu heulen und bittest um Gnade. Hoffst, dass ich von meinem Recht der Züchtigung keinen Gebrauch mache. Aber darauf lasse ich mich erst gar nicht ein. Dies ist eindeutig ein Fall für Dr. Feldmann.«

Mark stand auf und führte ein kurzes Telefongespräch.

»In Ordnung. Ich bringe sie Ihnen in ein paar Minuten vorbei«, war das, was Kiara noch aufschnappen konnte.

Kiara wurde bald darauf ins Auto bugsiert. Als sie sich angeschnallt hatte, fuhr Mark los. Außer ihrem Halsband trug sie nichts. »Lass den Gurt nicht so auf deine Titten drücken, sonst gibt's noch einen Abdruck. Dr. Feldmann ist ein bisschen pingelig, was die Ware angeht. Jedenfalls vorher.«

Der letzte Satz nahm ihr fast die Luft. Immerhin wusste sie jetzt, warum er sie nicht einfach gefesselt im Kofferraum oder auf dem Rücksitz transportierte. Die Ware war noch zu wertvoll. Sarkasmus machte sich in ihr breit. Bestimmt wird er es auf der Rückfahrt tun, schoss es ihr durch den Kopf. Sie war überrascht, in ihrer momentanen Situation noch zu solchen Gedankengängen in der Lage zu sein.

»Setz dich so hin, wie es sich für dich gehört.« Sie spreizte die Beine, mit der Hand hielt sie den Gurt von ihren Brüsten fern, und Mark griff ihr in den Schritt.

Die wahre Wahrheit

Etwa eine halbe Stunde später hielten sie vor dem Haus von Dr. Feldmann. Ein mit Bademantel bekleideter, etwa 50-jähriger Mann öffnete ihnen die Tür. Man sah ihm seine leitende Position an.

»Hier ist sie. Sie soll für ihr Vergehen büßen. Ich überlasse sie Ihnen bis um sieben Uhr. Ist das okay?«

Dr. Feldmann nickte. Er klinkte wortlos eine Kette in Kiaras Halsband und schleifte sie hinter sich her. Drinnen warf er sie zu Boden, drang sofort von hinten in sie ein und vergewaltigte sie mit äußerster Brutalität. Kiara ließ es über sich ergehen, wusste, sie hatte es nicht anders verdient.

»So, nun kommen wir zum vergnüglichen Teil unserer Nacht. Wenn ich dich etwas frage, wirst du mich immer mit ›Sie‹ anreden, ich dich dagegen mit ›du‹. Ist das klar?« Sie nickte.

Er schob sie in einen Raum, der mit zahlreichen Folterinstrumenten ausgestattet war. In der Mitte stand ein großes Andreaskreuz.

»So, da binde ich dich jetzt an. Und dann werden wir uns in den nächsten Stunden der kleinen Sünderin widmen. Freust du dich schon darauf?«

Kiara schwieg.

In der Zwischenzeit hatte Dr. Feldmann sie fixiert.

»Habe ich nicht gerade eine Frage gestellt?« Er nahm eine Peitsche und schlug damit kurz auf ihre Oberschenkel und ihren Busen.

»Ich weiß, ich sollte sie mit Ja beantworten. Aber ich freue mich nicht darauf.«

»Na, immerhin bist du ehrlich. Wollen wir doch mal sehen, ob du weiterhin so ehrlich bleibst. Was hat unsere kleine Sünderin denn so alles verbrochen? Berichte mal.«

Und wieder ging ein Peitschenhieb auf ihren Körper nieder. Diesmal war ihr Venushügel das Ziel.

»Ich war sehr ungezogen. Ich war mit meiner Freundin verabredet, und da haben wir uns verquatscht. Ich habe nicht gemerkt, dass es schon so spät war. Um 22 Uhr sollte ich wieder bei Mark sein, und als ich auf die Uhr schaute, war es bereits Viertel nach elf.«

»Ja, das kommt davon, wenn man die Weiber an einer zu

langen Leine hält. Reicht man ihnen den kleinen Finger, erlaubt man es ihnen, ein paar Stunden allein auszugehen, dann nehmen sie gleich wieder die ganze Hand. Ist immer das gleiche Spiel.«

Wieder traf ein Peitschenhieb ihren Busen.

»Und was gab es so angeblich Wichtiges zu bereden, dass du keine Zeit hattest, auf die Uhr zu schauen, um deinem Herrn zu gehorchen?«

Ein Schlag traf ihren Bauch.

»Ich habe meiner Freundin von einem Buchprojekt erzählt. Aber ich konnte ihr nicht die volle Wahrheit sagen. Ich habe so getan, als habe ich mir da etwas ausgedacht, aber in Wirklichkeit geht es dabei um mich.«

Nun trafen gleich drei Schläge ihren Venushügel.

»Aha! Ist ja interessant. Deinen Herrn belügst und betrügst du und deine Freundin gleich mit! Bin wirklich mal gespannt, wie viele Sünden ich im Laufe der Nacht noch so aus dir herausquetschen werde. Glaub mir, ich bekomme euch alle zum Reden. Irgendwann lockert sich bei jeder die Zunge. Ich kriege alles raus, wirklich alles!«

»Herr, ich musste sie belügen. Denn die Wahrheit ihr gegenüber wäre das viel größere Vergehen gewesen.«

Jetzt waren wieder ihre Oberschenkel dran.

»Du willst mir doch nicht erzählen, du könntest beurteilen, was Moral ist und was nicht? Das steht dir nicht zu. Eine Frau hat keine Moral. Eine Frau ist nichts als Sünde und Verderben. Was wäre denn die wahre Wahrheit gewesen, wenn wir schon mal bei der Wahrheit sind?«

Nun schien er besonderen Spaß an ihren Oberschenkeln bekommen zu haben.

Kiara war verzweifelt. Ihr war fast alles egal. Was sollte

es? Er würde ja sowieso alles aus ihr herausprügeln, die ganze Nacht würde es so weitergehen. Und ganz plötzlich brach es aus ihr heraus: »Herr, ich weiß, dass das ein ganz schlimmes Vergehen war. Aber Sie kriegen es eh heraus. Ich will ein Buch schreiben, und zwar über mich. Ich bin die Sklavin von Mark, doch ich glaube, ich habe mich in eine andere Sklavin verliebt. Und ich bin mir sicher, sie mag mich auch. Wir haben noch nicht darüber geredet, können ja gar nicht, aber ich spüre es. Ich weiß, dass es nicht geht, es unmöglich ist, sogar ein Verbrechen. Wir sind beide Sklavinnen und gehören unseren Herren und dürfen keine Gefühle füreinander haben.

Das habe ich meiner Freundin als Geschichte erzählt und dabei so getan, als habe ich mir das alles ausgedacht. Sie fand das sehr interessant und hat mich ermutigt, daran weiterzuarbeiten. Ich konnte ihr aber nicht sagen, dass ich eine der beiden Sklavinnen bin. So habe ich jetzt sie belogen, weil ich ihr nicht die Wahrheit sagen konnte und durfte, und auch Mark, weil ich Gefühle habe, die mir nicht zustehen. Außerdem habe ich Angst, man würde der anderen Sklavin sonst was tun, sie fortschaffen, und ich würde nie wieder etwas von ihr hören. Und bitte fragen Sie mich nicht nach ihrem Namen. Alles kriegen Sie aus mir heraus, aber nicht ihren Namen, auch nicht den ihres Herrn. Sie können mich die ganze Nacht quälen und auspeitschen, aber ich sage nichts. Ich möchte nicht, dass man sie quält.«

Kiara vermied es bewusst, von »Herrin« zu sprechen. Allein das hätte Verrat bedeuten können.

Dr. Feldmann ging im Raum auf und ab. Irgendwann legte er die Peitsche zur Seite.

»Und das war jetzt wirklich die wahre Wahrheit und keine Lüge?« Dr. Feldmann blieb stehen.

»Die volle Wahrheit. Ich habe noch mit niemandem darüber gesprochen, weil ich es wirklich keinem sagen kann. Ich habe jede Strafe verdient und werde sie ertragen. Machen Sie mit mir, was sie wollen, aber lassen Sie bitte sie da raus.«

Dr. Feldmann begann erneut auf und ab zu gehen. »Darüber muss ich nachdenken. Ich lasse dich erst mal hier allein.«

Mit diesen Worten verschwand er aus der Tür. Kiara bekam es mit der Angst zu tun. Was, wenn er jetzt alles Mark erzählt? Mark würde sofort wissen, wer die andere ist. Vielleicht weiß jetzt in diesem Moment sogar Ellen schon Bescheid und lässt ihre ganze Wut an Alina aus, schoss es ihr durch den Kopf. Kiara war verzweifelt. Sie weinte. Was hatte sie bloß getan?

Der sanfte Sadist

Eine Stunde später kehrte Dr. Feldmann zurück.

Zu ihrer Überraschung löste er die Fesseln und nahm sie vom Andreaskreuz ab.

»Leg dich bitte auf den Tisch hier.«

Kiara gehorchte.

»Kiara, ich muss dir zunächst einmal etwas erklären. Mir macht es Freude, anderen Schmerzen zuzufügen. Männer wie Mark sind eher dominant, aber keine Sadisten wie ich. Die meisten Menschen, die ich in die Finger bekomme, sind schmerzgeil. Oder sie sollen von ihrem Herrn erzogen und bestraft werden. Oft habe ich es mit wirklich ungezogenen Mädchen zu tun: Sie will bei anderen Herren nicht schlucken, hat noch etwas nebenher laufen, will nicht all ihre Öffnungen zur Verfügung stellen, lässt sich kein Brandzeichen machen, rasiert sich nicht, will nicht für ihn anschaffen gehen. Alles Dinge, die sich nicht gehören und die von mir mit konsequenter Härte geahndet werden.

Bei dir ist das was anderes. Du hast ein ernstes Problem, was für dich und deine Freundin sogar gefährlich werden kann. Ich nehme dir deine Geschichte ab. Das klang auch alles sehr glaubhaft. Ich kann deshalb nicht wie geplant weitermachen. Auch für einen Sadisten wie mich gibt es Grenzen. Deshalb habe ich etwas anderes mit dir vor. Allerdings habe ich auch einen Ruf zu verlieren. Ich kann dich nicht einfach morgen nach Hause schicken und hier ist nichts gelaufen. Man würde mir keine Sünder mehr aushändigen. Das verstehst du doch?«

Kiara sah ihn mit großen Augen an und nickte.

»Ich weiß, dass du Mark nicht belügen kannst und willst. Also muss ich etwas mit dir anstellen. Ich werde deine Scham jetzt mit Elektrogeräten behandeln. Das ist sehr schmerzhaft, hinterlässt aber keine Spuren. Ich würde dir das gerne ersparen, kann aber nicht. Wenn Mark dich also später nach deiner Behandlung fragt, dann weißt du, was ich mit dir angestellt habe.«

Die nächste Viertelstunde war für Kiara fast unerträglich. Sie dachte an Alina und biss die Zähne zusammen.

»So, du hast es geschafft. Und jetzt möchte ich, dass du mit mir nach oben kommst. Ich habe gerade eine blaue Pille eingenommen, und bis Mark erscheint, habe ich bestimmt einen Dauerständer. Du wirst dich gleich auf mich setzen, und dann möchte ich mehr von dir erfahren. Was du vorher gemacht hast, wie du Mark kennengelernt hast und wie du dir dein Buch vorstellst. Namen musst du mir nicht nennen. Und dann erzähle ich dir auch was von mir.«

Sie redeten – mit kleineren Pausen – die ganze Nacht, während sie sich auf ihm sanft auf und ab bewegte. All das fiel ihr sehr leicht, denn nichts tat sie lieber, als anderen Vergnügen zu bereiten.

Mark holte sie pünktlich am nächsten Morgen ab. Er unterhielt sich noch mit Dr. Feldmann, während Kiara bereits im Wagen saß. Sie konnte der Unterhaltung nicht folgen. Dann bekam sie mit, wie Mark zum Wagen zurück wollte, aber von Dr. Feldmann aufgehalten wurde.

»Ach, eine Frage noch. Sie hatten doch mal darüber nachgedacht, irgendwann mal Schwängerungen anzubieten. Wie weit sind Sie denn damit gekommen?«

»Ist noch nicht so weit, Herr Dr. Feldmann. Ich arbeite noch daran. Wenn es mal so weit ist, komme ich auf Sie zu. Sie stehen auf jeden Fall auf meiner Liste ganz weit oben.«

»Ich bin sehr interessiert. Mehr denn je.«

Die Party

Berührungen

Es war ein schwülwarmer Abend. Die Party bei Joachim, einem Geschäftsfreund von Mark, begann gewöhnlich gegen 21 Uhr und dauerte bis zum nächsten Morgen. Sie galt als der gesellschaftliche Höhepunkt des Kreises, dem auch Mark und Ellen angehörten.

Die Männer trugen Businesskleidung, die Frauen Stiefeletten, manche noch ein Halsband, aber sonst nichts. Allerdings gab es auch Ausnahmen. Dominante Frauen wie Ellen standen den Männern in ihrer Kleidung in nichts nach.

Die Aufgabe der Sklavinnen war es zunächst, Getränke und Speisen zu reichen. Kiara machte dies ausgesprochen gern. Ihre Nacktheit gab ihr das Gefühl, besonders frei zu sein, fast wie eine Indianerin.

An diesem Abend gab es für sie aber noch einen weiteren Grund: Während sie ein Tablett mit Champagner-Gläsern durch die lachende und plaudernde Menschenmenge jonglierte, immer begleitet von einem wohlwollenden Griff an ihre Brüste oder ihren Po, stieß sie auf Alina, die das Gleiche wie sie tat. Man beschloss, sich zusammenzutun und fortan die Gäste gemeinsam zu bedienen. Dies war nicht immer ganz einfach, denn gerade Kiara war bei den

Männern sehr beliebt. Immer wieder musste sie stehen bleiben, um sich in den Schritt oder an ihre Brüste fassen zu lassen. Bei Alina war dies anders. Offenbar spürten die Männer, dass Alina ihnen nicht zugetan war wie Kiara. Als drei Männer ganz in der Nähe der Gruppe, in der gerade Mark in ein Gespräch vertieft war, sie dazu aufforderten, das Tablett für einen Moment auf ihrem Kopf abzustellen, um sie dann umso ungezwungener von oben bis unten anfassen zu können, erhaschte sie kurz den mit Stolz erfüllten Blick Marks. Sie war zweifellos eine Attraktion. Er hatte sie gut erzogen.

Auch Michael machte es ihr nicht leicht. Denn seitdem er herausgefunden hatte, dass man nur ganz bestimmt und energisch an den Nippeln dieser wunderschönen jungen Frau spielen musste, um bei ihr jeglichen Widerstand zu brechen, nutzte er das aus, wann immer sich ihm die Gelegenheit dazu bot. Und an diesem Abend war er auch der Erste, der sie nahm.

Später ließ es sich auch Dr. Feldmann nicht nehmen, ihren Körper einmal näher zu inspizieren. Dafür war sie ja auch da.

Das Wetter hielt nicht das, was es versprach, und bald entlud sich ein heftiger Gewitterregen über dem Anwesen, woraufhin man die Festivitäten in das Innere des Gebäudes sowie auf die überdachte Terrasse verlegte. Kiara und Alina hatten immer wieder Gelegenheit, sich verstohlene Blicke zuzuwerfen und ein paar Worte zu wechseln. Während sie gemeinsam in der Küche hantierten, berührten sich ihre Arme und Schultern ganz häufig ein wenig, was für Kiara jedes Mal wie ein kleiner Stromstoß war. Sie mochte diese Frau sehr, ihre Anmut, ihren

Duft. Wie gerne wäre sie ihr ein Stück näher gekommen, aber mehr als zufällige Berührungen waren ihnen nicht erlaubt.

Alina raunte ihr auch schon bald die Warnung zu: »Kiara, ich würde dich gern anfassen, dich küssen, aber das geht leider nicht. Und bitte versuch es auch nicht. Wenn ein Bekannter von Ellen das mitbekommt, bin ich geliefert. Ach, es muss noch nicht einmal ein Bekannter sein. Tauschen wir hier als Frauen Zärtlichkeiten aus, kann uns ein x-beliebiger Mann herausgreifen und anprangern. Wir sind nur zu deren Vergnügen da. Auch ich, obwohl ich mit Männern nichts anfangen kann. Aber Ellen will das so. Ich muss das für sie tun.«

»Warum bist du eigentlich die Sklavin von Ellen? Sie hat mir gesagt, sie hätte es mehr mit Männern.«

»Ich war mal sehr verliebt in sie. Das habe ich ihr gestanden. Und bevor ich mich versah, hat sie mich unterworfen und versklavt. Sie verlangte, dass ich ihr vollkommen zu Willen bin, sozusagen als Beweis meiner Liebe. Ich will mich nicht beklagen, habe es ja selbst so gewollt, weil ich damals noch gehofft hatte, so ihre Liebe zu gewinnen. Aber sie nimmt überhaupt keine Rücksicht auf mich. Etwas mehr als gar nichts hätte ich schon verdient, oder?«

»Ach, Alina, du Süße, du hättest alle Liebe dieser Welt verdient.«

Mehr Worte konnten sie in der Küche nicht wechseln, zumal die nächsten Getränke darauf warteten, rausgetragen zu werden.

Kiara war bestürzt. Die Aussage von Alina bestätigte ihren Eindruck von Ellen. Diese Konstellation konnte auf Dauer nicht gutgehen. Alina war eine solch reizende Person, und jedes Mal, wenn sie sie sah, begann Kiaras Puls etwas schneller zu schlagen. Doch was konnte sie tun? Aus ihrer Sklavinnenposition heraus gab es keine Möglichkeit, etwas an ihrer Situation zu ändern. Vielleicht könnte sie sich Mark anvertrauen. Doch mit welchem Anliegen? Dass sie in eine andere Sklavin verliebt sei und ihr helfen wolle?

»Nein, Kiara, das kannst du nicht«, sagte sie zu sich selbst. »Du bist Marks Eigentum. Du warst damit einverstanden. Die Vorteile hast du zum Teil genossen, aber natürlich sind damit auch Nachteile verbunden. Und die gehören nun mal auch dazu. Wer A sagt, muss auch B sagen.«

Ihr wurde die Aussichtslosigkeit ihrer Situation bewusst.

Kiara und Alina servierten weiterhin Getränke, immer hier und da ein wenig aneinanderstoßend oder einen Blick oder sogar ein Lächeln riskierend, aber wirklich näher kommen konnten sie sich nie.

Doch offensichtlich war auch das schon zu nahe. Denn als Kiara mal wieder einer kleinen Herrengruppe willig zur Verfügung stand, suchte und fand sie den Blick Alinas. Und das bemerkte Michael.

Die Lesbennummer

Michael packte Kiara und Alina an den Handgelenken und zog sie in das große Kaminzimmer. Dort ließ er sie auf eine schwarze Ledercouch fallen und rief den anderen zu: »Alle mal herhören. Die beiden Sklavinnen Alina und

Kiara werden jetzt hier eine Lesbennummer vorführen. Wer möchte zuschauen?«

Sofort war die Couch eng umstellt. Dieses Ereignis wollte sich kaum jemand entgehen lassen, zumal eines der beiden Mädchen Kiara war, die von den meisten Gästen sehr geschätzt wurde.

Kiara und Alina begannen also ihr Liebesspiel, doch sie konnten sich nicht so richtig aufeinander konzentrieren. Noch hatten sie sich ja nicht wirklich ihre Liebe gestanden. Ihre Gefühle füreinander waren zu intim und auch noch zu sehr im Entstehen begriffen, um sie auf einer solchen Bühne darzubieten. Sie küssten sich auf den Mund und die Brüste, mal Kiara bei Alina, mal Alina bei Kiara, bis schließlich das schneidende Geräusch einer Peitsche der scheinbaren Idylle ein Ende bereitete.

Es war Ellen. »Das soll eine Lesbennummer sein? Lächerlich. Das ist nichts anderes als eine Beleidigung meiner Sinne.« Und mit diesen Worten schlug sie erbarmungslos auf Alina ein, die sich vor Schmerzen krümmte.

Kiara erschauderte. Da gab es keinen Zweifel: Ellen verachtete Alina. »Und jetzt will ich eine richtige Lesbennummer sehen, sonst mach ich gleich weiter. Alina, ich kann das den ganzen Abend so, glaub mir, entweder ihr bekommt das irgendwann mal hin, oder es gibt die Peitsche. Das gilt übrigens auch für dich, Kiara.«

Kiara und Alina küssten sich wieder. Doch Alina nahm den Kopf von Kiara so zur Seite, dass sie ihr ein paar Worte ins Ohr flüstern konnte: »Kiara, ich hab dich so lieb. Nur noch du und ich, bitte!«

Kiara verstand sofort. Sie besaß ohnehin längst die Fähigkeit, andere Menschen bei Bedarf aus ihrem Bewusstsein auszublenden. Die Rolle als Sklavin machte so etwas zu einer Notwendigkeit.

Kiara und Alina gaben sich vollkommen ihren Gefühlen hin. In ihren Zärtlichkeiten bekannten sie sich zu ihrer Liebe. Andere Menschen existierten jetzt nicht mehr. Einige Männer feuerten sie noch zusätzlich an, aber sie nahmen nichts von alledem wahr. Zwei Menschen auf einer einsamen Insel, die sich liebten.

Zusammen erreichten sie ihren Höhepunkt. Als sie aus ihrem Rausch wieder zu sich kamen, waren sie umringt von einer johlenden und klatschenden Menge. Ellens feindlicher Blick traf sie beide.

Die Koppel

Michael ergriff als Erster wieder das Wort.

»Und nach dieser exzellenten Präsentation stehen die zwei Stuten gleich allen zur Verfügung. Ich mache die beiden jetzt an der Koppel fest, wo ihr sie euch dann nehmen könnt. Das gilt natürlich auch für alle anderen Stuten. Jeder Herr, der noch irgendwo seine Stute herumlaufen sieht, möchte sie jetzt bitte zur Koppel bringen!«

Michael packte Kiara und Alina an den Handgelenken und führte sie in einen Nebenraum. Dort befestigte er Manschetten an ihren Handgelenken. Anschließend machte er sie so an der Decke fest, dass sie den Boden nur noch mit den Fußspitzen berührten.

Zahlreiche Männer kamen an diesem Abend in die Koppel, um sich eine Stute auszusuchen und sie irgendwo auf dem Anwesen zu benutzen. Kiara wurde besonders häufig gewählt. Ein Mann nahm sie zusammen mit Alina. Erst am frühen Morgen ließ der letzte Gast von ihr ab.

Zu Hause angekommen, wurde Kiara zwei Stunden lang von Mark gezüchtigt. So hatte er sie vorher noch nie behandelt. Eine Begründung für sein Verhalten gab er nicht.

Jonas

Das Geburtstagsgeschenk

»Kiara!«

Mark rief nach ihr. Kiara fand ihn in seinem Arbeitszimmer.

»Vielleicht solltest du mir mal so einen kleinen Piepser besorgen«, meinte Kiara lachend. »Nicht dass wir uns in dem großen Haus irgendwann mal verlieren.«

»Kiara, wir haben einen Termin. Lass mal sehen, was du so anhast. Hm, also den Rock ziehst du bitte aus, die Bluse sowieso und BH und Slip ebenfalls. Leg dir bitte eine Busenkette an und komm dann nach oben. Der ›Termin‹ ist ungefähr eine halbe Stunde von hier. Ach ja, hier habe ich noch ein goldenes Schleifchen, das sieht zwar etwas albern aus, ist aber erforderlich. Leg es bitte um dein Halsband, aber so, dass der Ring frei bleibt. Und nimm deine Handtasche mit.«

Kiara hatte sich früher oft gewundert, warum manche teuren Limousinen mit getönten Scheiben ausgestattet sind. Nun wusste sie es.

Nach einer fast endlosen Fahrt kamen sie vor einem hochherrschaftlichen Gebäude an. Mark legte eine Metallkette an ihr Halsband und führte sie zum Eingang. Ihre Handtasche trug er selbst. Eine etwa 40-jährige Frau öffnete ihnen. Wie Kiara trug sie ein Halsband. Kiara erkannte sie wieder. Sie war ihr auf der letzten Party aufgefallen, als sie einmal ganz in ihrer Nähe in der Koppel angekettet war.

»Hallo, Lorena, wie geht's dir? Ist Robert da?«

»Hi, Mark, schön, dich mal wiederzusehen. Robert musste vor einer halben Stunde weg, in einer dringenden Angelegenheit. Keine Ahnung, worum es dabei ging. Brauchst du ihn jetzt?«

»Ja schon, aber eigentlich geht es um Jonas.«

»Ach, kein Problem, ich weiß Bescheid. Du bringst ihm etwas zum Geburtstag, stimmt's?«

»Genau!«

Kiara erschrak. Ihr schwante nichts Gutes.

»Dann kommt doch bitte herein. Geht einfach nach unten, und dann ist es die letzte Tür. Ist so ein Gekritzel dran. Soll Jonas heißen.«

»Danke, Lorena. Geh doch schon mal vor ins Gästezimmer und zieh dir was anderes an. Ich komme dann gleich nach.«

Mark führte Kiara an ihrer Kette nach unten und klopfte an. Ein junger Mann öffnete, von deren Sorte Kiara während ihrer Schulzeit schon viele erlebt hatte: blasiert, respektlos, orientierungslos, aus einem wohlhabenden Elternhaus.

»Hallo, Jonas, herzlichen Glückwunsch zu deinem achtzehnten Geburtstag. Im Namen deines Vaters möchte ich dir noch ein Geschenk überreichen. Du kannst es bis Mitternacht haben. Danach hole ich es wieder ab. Ist das okay, oder willst du es nicht?«

Jonas taxierte Kiara von oben bis unten.

»Nö, lass mal da!«

Mark reichte Kiara ihre Handtasche und grinste. »Dann viel Spaß noch. Gegen Mitternacht bin ich wieder hier.«

Kiara tobte innerlich vor Wut, ließ sich aber nichts anmerken. Wie kam Mark dazu, sie einem solchen Schnösel auszuhändigen?

Jonas griff ihr an die Brüste. »Sind die echt?« Dann zerrte er an ihrem Kettchen. »Sieht ja krass aus.«

»Klar sind die echt!«

»Wie alt bist du?«

»Achtundzwanzig«

»Krass. Wie meine Englischlehrerin.«

»Bist du gut in Englisch?«

»Ich hasse Englisch. Und ich hasse die Alte. Ist genau dein Typ. Wegen der Fotze war beim letzten Mal meine Versetzung gefährdet. Aber mein Daddy hat das dann geregelt.«

»Wie kann er denn so etwas regeln?« Kiara versuchte verzweifelt, das Thema zu wechseln.

»Sag mal, kann ich eigentlich wirklich alles mit dir anstellen? Ich meine, so richtig alles?«

»Ja.« Wie gern hätte Kiara an dieser Stelle nein gesagt. Aber genau das war ihr nicht erlaubt.

»Du lässt dich also auch in den Arsch ficken?«

»Ja.«

»Geil! Hast du ein Kondom dabei?«

Kiara kramte in ihrer Handtasche und reichte ihm eine Schachtel.

»Nee, blas mir erst einen, und dann roll mir den Gummi rüber, so wie die Nutten im Puff. Du bist doch auch eine, oder?«

Kiara unterdrückte eine Antwort. Jonas zog sich wortlos aus und legte sich aufs Bett. Eine Minute später kam er in ihrem Mund.

»Uups. So ist das immer bei mir. Beim ersten Mal komme ich sofort. Aber ich bin kein Schnellspritzer. Ich kann ein paar Mal, und jedes Mal dauert's länger. Komm, mach's noch mal.«

Eine Minute später das gleiche Ergebnis.

»Du bist eine echt geile Fotze. Machst mir richtig zu schaffen. Los, noch mal.«

Diesmal klappte es.

»Bück dich. Meine Freundin lässt ja so was nicht mit sich machen. Hab aber schon länger Bock drauf.«

Ohne auf sie Rücksicht zu nehmen, drang er in sie ein. Eine Minute später war wieder alles vorbei.

»Ah, jetzt verstehe ich, ist alles ganz schön eng da bei dir. Einen Versuch hab ich noch.« Er warf das Kondom achtlos in die Ecke. Und Kiara begann von vorn. Wenige Minuten später war er wieder in ihr drin. Seine Bewegungen wurden intensiver.

Erst zerrte er an ihren Haaren, dann schlug er ihr mit voller Kraft auf den Po. »Yippie! Du geile Stute, dich reite ich jetzt zu!«

Sein Rhythmus war fordernd und ausdauernd. Dann hielt er kurz inne.

»Hat mein Alter dich auch schon gefickt, ich meine so in den Arsch und so?«

»Keine Ahnung. Dein Vater war ja eben nicht da.«

»Ach, du weißt gar nicht, mit wem du alles schon rumgemacht hast?«

»Mir werden nicht alle Männer persönlich vorgestellt.

Vielleicht war dein Vater auch mal dabei, ich weiß es aber nicht. Ich bin nur eine Nutte.«

Kiara bereute sofort, was sie gesagt hatte. So respektlos durfte sie sich Jonas gegenüber nicht benehmen. Aber offenbar war ihm die Spitze in ihrer Antwort sowieso nicht aufgefallen.

»Bestimmt war der dabei. Wie kommt er sonst auf dich? Du bist bestimmt die Beste. Keine fickt so wie du.«

Kiara schwieg.

»Ah, da kommt mir eine Idee. Ja, das fände ich geil. Komm, sag jetzt immer: ›Jonas, please shut up!‹. Dabei ficke ich dich in den Arsch. Aber laut und deutlich will ich's hören und immer wieder.«

Kiara tat, wie ihr befohlen. Jonas riss an ihren Haaren, schlug ihr mit der flachen Hand auf den Hintern und rief »Ich fick Sie, Frau Völkers.« Seine Ausdauer in dieser Hinsicht schien grenzenlos zu sein.

Lissy

Bis dann sein Handy klingelte. Jonas überließ sie sich selbst und nahm den Anruf an. »Hi, Lissy … Vielen Dank … Einen Golf hat er mir geschenkt, aber der steht jetzt erst mal rum, bis ich den Führerschein habe. Vielleicht klappt's ja beim nächsten Mal. Oder Daddy wird das regeln … Und eine Nutte hab ich noch bekommen. … Die ist grade hier, aber nur für heute … Ich weiß ehrlich gesagt nicht, was ich mit der anfangen soll … Wenn Daddy mir was schenkt, kann ich doch nicht einfach ablehnen. Ich lass sie jetzt erst mal nur so hier rumsitzen … Du willst sie dir anschauen?

Ehrlich? Wozu denn das? … Nein, ich habe nichts dagegen, hab ich das etwa gesagt? … Okay, bis gleich.«

Und an Kiara gewandt, sagte er: »Meine Freundin kommt gleich vorbei. Die will mal sehen, wie eine richtige Nutte so aussieht. Ach ja, wir haben natürlich nicht miteinander gefickt. Ist das klar?«

»Ich sage nichts, was du nicht willst.«

»Okay, dann sammle mal die Kondome ein und wirf sie ins Klo. Ich ziehe mich wieder an. Brauchst du ja nicht. Du bist ja schon so angezogen, wie eine Nutte eben ist.«

Vielleicht zwanzig Minuten später klingelte es an der Tür. Jonas ging nach vorn, um zu öffnen.

»Wo ist sie? Ich bin ja schon so gespannt«, hörte Kiara von Weitem eine schrille Stimme rufen.

Herein kam ein Girlie, das all das zu besitzen schien, was auch für Jonas galt. Allerdings war sie sehr hübsch, eigentlich viel zu hübsch für Jonas. Ihre blonden Haare fielen ihr über die Schultern.

»Ist ja geil, die hat ja gar nichts an. Und ihr habt nicht gefickt?«

Ungläubig wanderten ihr Blick und ihr Zeigefinger zwischen Kiara und Jonas hin und her.

»Nein, haben wir nicht«, beeilte sich Jonas zu sagen. Und Kiara schüttelte vielsagend den Kopf.

»Na, wenn das mal stimmt. So richtig glauben kann ich das nicht. Und sie gehört ganz dir?«

»Hab ich dir doch schon am Telefon gesagt. Bis Mitternacht. Vorher darf ich alles mit ihr machen. Hab aber keine Lust dazu.«

»Kann ich sie mal haben?«

Augenblicklich schrillten bei Kiara alle Alarmglocken.

»Wozu das? Was meinst du mit ›haben‹?«

»Na, ich will nur an ihr rumspielen. Ist nicht schlimm, oder?«

»Meinetwegen. Ich kann ja doch nichts mit ihr anfangen.«

Lissy hockte sich vor Kiara hin und zerrte an ihrer Busenkette. »Ist ja cool!« Und zu Jonas gewandt: »Dir würde so was auch gut stehen.«

»Tut das etwa weh?«, fragte sie Kiara.

»Ja, so wie du es machst, schon.«

»Oh! Ja, dann ziehe ich noch ein bisschen heftiger daran.«

»Lissy! Sei nicht so gemein! Es ist mein Geschenk, mach's nicht kaputt!«

Lissy ließ das Kettchen los. »Lass mich mal deine Muschi sehen.«

Kiara gehorchte. »He, Jonas, Jonas! Hast du das gesehen? Die ist da ja gepierct. Und ein Tattoo hat sie auch.«

»Nein, hab ich nicht gesehen. Ich habe sie mir gar nicht richtig angeschaut.«

»Du bekommst ein Geschenk von deinem Daddy und machst es nicht auf? Und wenn ich das deinem Dad verrate?«

»Das lässt du schön bleiben. Den interessiert doch nur, wie er dich in die Kiste kriegt.«

»Was ist denn so schlimm daran, wenn ich mit deinem Daddy in die Kiste springe?«

»Mein Daddy will alle Frauen in den Arsch ficken, und das magst du ja nicht.«

»Bei deinem Daddy vielleicht schon.«

»Lissy! Du bist meine Freundin! Ich möchte nicht, dass du so redest!«

»Okay, ich lasse das mit deinem Daddy bleiben. Dafür darf ich sie jetzt haben. Ja?«

Sie warf sich wie ein kleines Mädchen vor ihm auf die Knie. »Bitte, bitte!«

Und dann mit dem allergrößten Schmollmund: »Bitte, lieber Jonas, bitte schenk sie mir!«

Jonas' Widerstand brach sofort.

»Meinetwegen. Aber sei nicht so gemein!«

»Sie gehört jetzt also mir?«

»Ja. Das sagte ich doch!«

»Juhu! Danke, Jonas. Du bist wirklich ein Schatz!« Und sie gab ihm einen Kuss auf den Mund.

Dann wandte sie sich wieder Kiara zu. »So, nachdem das geklärt ist, nun zu uns beiden. Jonas, ich finde, sie sieht ein bisschen wie die Völkers aus, oder?«

»Ja, hast recht. Deshalb hab ich auch kein Interesse an ihr.«

»Kann ich verstehen. Hätte ich an deiner Stelle auch nicht. Obwohl, warum fickst du sie nicht einfach mal?«

»Hier vor dir?«

»Ach, wie interessant! Allein würdest du sie also ficken! Warum hast du es dann nicht eben schon getan? Versteh ich nicht. Soll ich noch mal rausgehen? Mach ich glatt für dich!«

»Lissy, kannst du mich nicht bitte einfach mal in Ruhe lassen? Ich will sie nicht ficken! Hast du das jetzt endlich begriffen?«

»Ist ja schon gut. Hab verstanden. Deshalb ficke ich sie jetzt.«

»Lissy!«

Lissy erhob sich und zog ihren Slip aus. Dann legte sie sich auf das Bett. »Komm her und leck meine Muschi!«

Kiara gab sich alle Mühe. Doch so sehr sie sich auch anstrengte, Lissy wollte einfach nicht kommen. Ungeduldig zerrte sie immer wieder an Kiaras Busenkette.

»Na los, mach schon, dass ich endlich komme!«

Kiara hielt inne. »Kommst du denn sonst ganz leicht?«

»Bei mir schreit sie dann immer ganz laut«, warf Jonas ein.

»Ich bin überhaupt noch nie gekommen, weiß gar nicht, was das ist.«

Kiara atmete innerlich auf. Sie hatte schon Angst gehabt, an eine kleine verrückte Sadistin geraten zu sein. Doch jetzt tat ihr das Mädchen leid.

»Ach, Lissy, zum einen ist es nicht unbedingt wichtig, ob du beim Sex einen Orgasmus hast. Sex kann auch so sehr schön sein. Ich lebe in einer Beziehung, bei der ich manchmal wochenlang nicht zum Orgasmus kommen darf. Mir ist es verboten, wenn du verstehst, was ich meine. Wenn ich länger nicht gekommen bin, fühle ich mich häufig sogar sehr energiegeladen. Manchmal setzt mich mein Freund auf eine Orgasmusmaschine, damit ich meine Orgasmusfähigkeit trainiere. Dann komme ich vielleicht zehnmal hintereinander, fühle mich danach aber ganz ausgelaugt. Ich verstehe, warum er das von mir will, aber ich finde die anderen Momente schöner. Ja, und wenn du nur an deinen Orgasmus denkst, dann verspannst du dich, und dir entgehen die wirklich wichtigen Sachen beim Sex. Sex hat viel mit Hingabe zu tun, das kann man lernen. Für jüngere Frauen ist das oft sehr schwer. Ich habe das auch erst mit der Zeit geschafft.«

»Ja, aber wie soll ich mich entspannen? Ich denke die ganze Zeit, irgendetwas stimmt nicht mit mir.«

»Mit dir stimmt alles, Lissy. Aber wie willst du dich denn auch so entspannen? Du schiebst gerade mal den Rock hoch, und dann soll ich dich lecken. Das ist doch kein Sex!«

»Du meinst, ich soll mich ganz ausziehen? Hier vor dir und Jonas?«

»Mensch, Lissy, wer wollte sie denn nun haben, du oder ich?« Jonas passte die ganze Unterhaltung nicht.

»Lissy, du musst es wissen. In deinem Alter hätte ich beim Sex niemanden zuschauen lassen. Auf der anderen Seite hat Jonas heute Geburtstag, und ich bin sein Geschenk.«

»Das war einmal, jetzt gehörst du mir. Jonas? Ist das in Ordnung für dich, wenn ...«

»Hab schon verstanden. Blöde Zicke! Ich schaue mir oben ein Video an. Mach doch, was du willst. Es dreht sich ja sowieso immer nur alles um dich!«

Jonas knallte die Tür hinter sich zu.

»Lissy, darf ich meine Busenkette, die blöde Geburtstagsschleife und die Kette am Halsband ablegen, dann fällt es mir leichter. Und du solltest dich vielleicht besser ganz ausziehen.«

»Kein Problem. Ich bin manchmal eine Zicke, ich weiß das. Trotzdem mach ich's immer wieder. Hinterher tut es mir dann leid, und ich ärgere mich über mich selbst. Ich kann so gemein und blöd sein.«

Seit der letzten Party musste Kiara ständig an Alina

denken, sie ging ihr einfach nicht mehr aus dem Kopf. Kiara lenkte alle Gefühle, die sie für Alina empfand, auf dieses junge Mädchen. Sie schliefen fast eine Stunde miteinander, und schließlich war Lissy dann auch so weit.

Sie lagen noch eine Zeitlang eng umschlungen beieinander und streichelten sich zärtlich. »Bin ich jetzt eine Lesbe?«

»Wie kommst du denn darauf? Ich schlafe gerne mit Männern und mit Frauen. Ich mag beides. Das ist vielleicht sogar die beste Lösung. Mit manchen Männern ist der Sex sehr hart und ganz anders als mit Frauen. Es kann ein wunderbares Gefühl sein, von einem starken Mann ganz rücksichtslos genommen zu werden, sofern man es eben will. Mit manchen Frauen ist der Sex sehr zärtlich und ganz anders als mit Männern.«

»Ich möchte dich gern auch zum Höhepunkt bringen. Darf ich?«

»Nein, Lissy, sosehr ich es genießen würde, aber ich darf es nicht.«

»Du darfst es nicht? Und was passiert, wenn du es dennoch tust? Wird dir dann die Hand abgehackt, die Klitoris wegoperiert?«

»Nein, das nicht gerade. Aber ich werde bestraft. Die Strafe kann ganz unterschiedlich ausfallen. Aber es ist auch nicht die Strafe, die mich davon abhält. Ich werde häufig mal bestraft. Meist hat es einen Grund, und dann kann ich es akzeptieren. Das hier wäre ein Vertrauensbruch. Deshalb geht es nicht.«

»Keiner würde was merken. Was dein Freund nicht weiß, macht ihn nicht heiß!«

»Ich würde es ihm heute Abend noch im Auto erzählen.«

»Ach so. Mist. Und was wäre gewesen, wenn Jonas dich nicht abgewiesen hätte und du bei ihm gekommen wärst?«

»Also, zum einen hätte ich versucht, das zu verhindern. Ich habe da mittlerweile so meine Techniken, die aber auch nicht immer funktionieren. Aber es hätte ja sein können, dass Jonas es mir mit der Hand oder einem Vibrator besorgt hätte. Dann wäre ich entschuldigt gewesen.«

»Und wenn ich es dir mit der Hand besorge? Dann kannst du ja auch nichts dafür?«

»Ich bin ein Geschenk für Jonas. Dann geht es. Bei dir geht es leider nicht.«

»Das muss ich jetzt nicht verstehen, oder? Du bist sein Geschenk, und er hat es weiterverschenkt. Jetzt gehörst du mir. Wo ist das Problem?«

»Nein, das kannst du nicht verstehen. Weil es ja auch nicht wahr ist.«

»Nicht wahr? Und was stimmt dann?«

Kiara saß nun in der Klemme. Sie hatte den starken Wunsch, über sich und Alina zu sprechen. Aber mit diesem Girlie? Sie war sich der großen Gefahr, in der sie sich befand, bewusst. Lissy schaute sie fragend an.

»Lissy, ich kann nicht mit dir darüber reden. Ich würde mich einer großen Gefahr aussetzen. Versteh das bitte.«

»Welcher Gefahr denn? Wirst du dann ermordet? Nach Sibirien verkauft? Musst in Shanghai im Puff arbeiten?«

»Versprichst du mir, niemals mit Jonas oder irgendeinem sonst aus seiner Familie darüber zu reden?«

»Ich mag zwar eine Zicke sein, trotzdem kann man sich

auf mich verlassen. Und ich kann schweigen wie ein Grab. Außerdem besteht da sowieso keine Gefahr, denn ich mache nachher mit Jonas Schluss.«

»Aha! Und warum?«

»Ach, weißt du, der hat jede Menge Kohle, genauer gesagt, sein Daddy. Immer nur Daddy, Daddy! Aber ich liebe ihn nicht. Ich möchte eigentlich nicht mal von ihm angefasst werden. Die letzte Zeit lag er mir immer in den Ohren, ob ich mich mal in den Hintern ficken lasse. Ich glaube, der Typ tickt nicht ganz richtig. Komisch, dass er von dir nichts wollte. Ich hätte gedacht, der würde sich so was nie entgehen lassen. Außerdem bin ich 'ne Lesbe, das hat sich ja gerade eben rausgestellt. Und als Lesbe lasse ich mich doch nicht von so 'nem Typen in den Hintern ficken!«

»Lissy, nun hör doch bitte auf damit. Aber wenn ich dir einen Tipp geben darf. Du bist noch sehr jung und unerfahren. Such dir fürs Erste einen reiferen Freund, einen, der mit vielen Sachen schon durch ist, der weiß, wo es langgeht, der dich führen kann. Du hattest bis eben noch keinen Orgasmus, und Jonas weiß nicht, warum er auf der Welt ist. Wie soll das funktionieren? Der Freund muss ja nicht so fürchterlich viel älter sein. Meiner ist fast zwanzig Jahre älter als ich, so viel muss es ja nicht sein. Aber vielleicht jemanden, der bald mit dem Studium fertig ist und fest im Leben steht. Wenigstens einer von euch beiden sollte aus dem Experimentierstadium raus sein.«

»Hm, vielleicht hast du recht. Du bist ja auch viel älter als ich. Also, wenn ich mir vorstelle, ich würde was mit meiner Freundin anfangen, was ich mir übrigens schon länger wünsche. Bestimmt wäre das auch nicht schön.«

»Aber du bist ja jetzt eine kleine Expertin. Du hast ihr gegenüber einen Vorteil. Versuch doch mal, sie zu verführen.«

»Die Expertin bin ich erst, wenn ich dich geleckt habe.«

Lissy schaute Kiara herausfordernd an. Dieses kleine Girlie schien in wenigen Minuten zu einer jungen Frau herangereift zu sein.

»Also, was ist jetzt? Aber du wolltest mir noch was von dir erzählen!«

Lissy hatte nun eindeutig die Oberhand gewonnen.

»Lissy, bitte versprich mir, mit niemandem darüber zu reden.«

»Versprochen, hoch und heilig. Auf meinen Vater und auf Christina Aguilera.«

Kiara lächelte. »Na, das scheint ja dann wohl unumstößlich zu sein. Ich versuch's mal. Also, es ist so. Ich gehöre einem Mann, bin sozusagen seine Sklavin. Vor einiger Zeit habe ich aber eine andere Sklavin kennengelernt und mich in sie verliebt. Ständig muss ich an sie denken. Ich kenne nur ihren Vornamen und auch nicht den Namen ihrer Herrin. Weiß nicht mal, wo sie wohnt. Ich bin total unglücklich verliebt. Auf einer Party sind wir uns sehr nahegekommen. Mein Freund hat das gemerkt, und ich befürchte, ihre Herrin ebenfalls. Danach war mein Freund zum ersten Mal sehr wütend auf mich und hat mich mehrere Stunden lang mit der Peitsche bestraft. Wenn ich ihm jetzt von dir erzähle, ihm sage, ich sei bei dir gekommen, dann wird er vielleicht glauben, ich wollte wieder was mit einer Frau anfangen. Vielleicht verstößt er mich dann. Das wäre schrecklich, dann wären alle meine Hoffnungen dahin. So ist es immer noch möglich, sie irgendwann mal wiederzusehen, und sei es nur für einen kurzen Blick zwischen ihr und mir.«

Kiaras Augen standen voller Tränen. Sie konnte es nicht glauben, dass sie ausgerechnet mit diesem Girlie über ihre tiefsten Gefühle sprach.

»Deshalb, Lissy, darfst du mit niemandem darüber reden. Ich habe keine Angst davor, aus Strafe für den Rest meines Lebens irgendwo anschaffen gehen zu müssen oder dass mir gar eine Hand abgehackt wird. So ist mein Freund nicht. Aber wenn er mich verstoßen würde, das wäre ein einziger Alptraum.«

Nun liefen ihr die Tränen übers Gesicht. Lissy kam ganz nahe an Kiara heran und gab ihr einen Kuss. Auch in ihren Augen standen Tränen. »Ich verspreche es dir. So etwas darf man doch nicht weitererzählen, wär 'ne ziemliche Sünde, denke ich.«

Sie ließ ihre Lippen zärtlich über Kiaras Mund wandern. Und mit der Hand streichelte sie ihre Brüste.

»So, aber nun lecke ich dich. Ich möchte so gern mal eine Muschi lecken, und meine Freundin dann da auch mal küssen. Vielleicht bin ich ja doch 'ne Lesbe. Darf ich?«

»Ja, du darfst. Komm her, du Süße. Für dich will ich die Züchtigungen meines Freundes gern auf mich nehmen. Du wirst deine Freundin bestimmt bald zur glücklichsten Frau auf Erden machen. Trau dich!« Kiara gab ihr einen Kuss und streichelte ihre Brüste.

Lissy machte ihre Sache gut, sie hatte Geschick. Mehr noch, sie tat es mit Leidenschaft und Hingabe. Kiara wendete alle erlernten Techniken an, um nicht zu kommen.

Doch es nützte ihr nichts. Schließlich musste sie sich der Zunge Lissys dann doch ergeben.

Noch in der gleichen Nacht wurde sie von Mark intensiv mit der Peitsche behandelt. Sie ertrug es mit einem Lächeln.

Viktor

Die Aussprache

Sie hatten gerade zu Abend gegessen, als Mark sie bat, in seinen Wagen zu steigen. Irgendwie wirkte er verärgert.

»Was muss ich vorher alles ausziehen?«, fragte sie.

»Nein, jetzt im Auto jedenfalls noch nichts. Du weißt, dass ich mit deinem zweiten Ausrutscher neulich bei Jonas noch nicht durch bin. Nun hat auch noch Robert angerufen und sich beschwert, du hättest seinem Sohn die Freundin ausgespannt. Seitdem würde die nämlich nichts mehr von ihm wissen wollen. Robert hat sie sich schon vorgeknöpft, aber sie ist anscheinend stur geblieben. Jonas sei ganz schön deprimiert. Robert hat mich gebeten, für Genugtuung zu sorgen, denn es sei absolut nicht akzeptabel, wenn eine Lesbe dem eigenen Sohn die Freundin ausspannt.«

»Und seit wann bin ich eine Lesbe?«

»Schweig!« Marks Gesicht lief feuerrot an. Offenbar war das Gespräch mit Robert sehr unangenehm gewesen.

»Ich weiß ja wirklich nicht, wie du es geschafft hast, dieser kleinen Göre so den Kopf zu verdrehen. Robert soll ihr sogar Geld angeboten haben. Aber sie sei angeblich nicht mehr an Jonas interessiert. Das ist für Jonas sehr demütigend. Robert ist sehr verärgert. Also, was hast du alles mit ihr angestellt?«

»Sie hat bei mir ihren ersten Orgasmus bekommen.«

»Ich sag's doch. Lässt man die Frauen kommen, flippen sie irgendwann aus. Deshalb ist es ja so wichtig, dass ich dich Zurückhaltung lehre. Und sonst?«

»Nichts sonst. Ich habe sie gestreichelt und geleckt, wie sie es sich gewünscht hat. Jonas tat so, als wolle er mich nicht, er hatte aber nur Probleme mit seiner eigenen Spießigkeit. Da hat sie gefragt, ob sie mich haben könne. Prompt hat er mich weiterverschenkt. So viel zur Wertschätzung deines Geschenks durch Jonas. Dann gehörte ich ihr und habe alles gemacht, was sie wollte. Erst war sie sehr gemein zu mir, das änderte sich aber sofort, als Jonas draußen war. Nachdem sie gekommen ist, wollte sie mich auch lecken. Mark, ich habe mich wirklich gesträubt, habe versucht, es ihr auszureden, weil ich verhindern wollte, was dann passiert ist. Sie ließ aber nicht locker, und den Rest kennst du ja. Dafür hast du mich ja gleich in der Nacht noch ausgepeitscht. Hat sie sonst nichts gesagt?«

»Was soll sie sonst gesagt haben?« Mark machte mitten auf der Straße eine Vollbremsung. »Ihr verheimlicht uns doch nicht etwa was? Komm, Kleines, raus damit, bevor es zu spät ist, es ist besser für dich, glaub mir. Ihr habt doch jetzt nichts miteinander, oder?«

»Nein, du kannst ruhig weiterfahren. Da ist nichts. Für mich war sie ein ganz normaler Mensch, dem ich mich geschenkt habe, so wie es mir auferlegt ist. Außerdem wollte sie gern ihre Freundin verwöhnen und an mir lernen, wie das geht. Ist das nicht genau das, was du für mich vorgesehen hast und was die Aufgabe meines Körpers ist? Aber ich hatte auch gehofft, sie hätte vielleicht meine Darstellung bestätigt.«

Mark fuhr weiter. »Nein, hat sie nicht. Aus ihr war sowieso nichts rauszukriegen. Und wenn schon, das würde deine Situation nicht bessern. Ob nun eine Frau oder gleich zwei lügen, wen interessiert das schon? Hast du einen männlichen Zeugen? Und wie kommst du darauf, dass ich so etwas auch noch gutheißen könnte? Du hast einem unreifen Mädchen gezeigt, wie es seine Freundin verführen kann, und hast damit an einem Abend aus einer Lesben-Fotze gleich zwei weitere gemacht, mit denen es zukünftig nichts als Schwierigkeiten gibt. Siehe Alina und du.«

»Nein, hab ich nicht. Und einen männlichen Zeugen habe ich auch nicht. Aber es war alles so, wie ich es dir erzählt habe.«

Kiara hatte nur noch einen Gedanken: Danke, vielen Dank, liebe Lissy, dass du dein Versprechen gehalten hast. Ihr fiel ein riesengroßer Stein vom Herzen.

Mark warf ihr einen vernichtenden Blick zu. Ihre ungebührlichen Widerworte veranlassten ihn merkwürdigerweise nicht zu einer weiteren Vollbremsung.

»Wie auch immer. Wir machen uns Sorgen darüber, dass du dich mehr und mehr an andere Weiber heranmachst. Erst verdrehst du Alina den Kopf, so dass Ellen schon daran denkt, sie abzustoßen. Und jetzt auch noch die kleine 17-Jährige. Ich möchte keine weiteren Affären dieser Art erleben. Haben wir uns verstanden?«

Kiara stockte der Atem. »Und wie geht es denn Alina jetzt?«

Mark machte erneut eine Vollbremsung.

»Kiara! Was ist los mit dir? Wirst du aufsässig? Hast du über Nacht alles vergessen, was ich dir beigebracht habe?

Ich habe gefragt, ob wir uns verstanden haben?« Klatschend ließ er seine Hand auf ihren linken Oberschenkel fallen.

»Ja, Mark, keine weiteren Affären mit Frauen.« Kiara senkte den Kopf. Ihr war zum Heulen zumute.

Der Wagen nahm wieder Fahrt auf. »Keine Ahnung, wie es Alina geht, und es interessiert mich ehrlich gesagt auch nicht die Bohne. Sie ist eine Lesbe und die Sklavin von Ellen. Die hat darüber zu befinden, was mit ihr zu geschehen hat. Wie man hört, soll sie seit einiger Zeit ganz besonders häufig und gern mit der Peitsche schwingen. Alina hat sich auf der Party danebenbenommen. Du natürlich auch, aber das ist mein Problem. Ich möchte nur nicht, dass sich mein Problem langsam, aber sicher zu einem riesengroßen Problem ausweitet. Haben wir uns verstanden?«

»Ja, Mark, hab ich. Ich bereite dir keine Probleme mehr.« Kiara war geknickt.

Mark fuhr Richtung Frankfurter Innenstadt.

»Mark, darf ich etwas sagen?«

»Warum?«

»Bitte, es ist mir wichtig.«

»Also meinetwegen!«

»Mark, als ich bei Ellen war, habe ich mich gewundert, warum sie eine Sklavin hat. Da habe ich sie gefragt, ob sie auf Frauen steht. Ich weiß, das hat sich nicht gehört. Sie hat mir gesagt, dass sie nichts mit Frauen hat, im Gegenteil, sie verachtet sie. Und so eine hält sich eine Sklavin, die aber nur auf Frauen steht, Lesbe ist. Die mal sehr in Ellen verliebt war, jetzt aber von ihr gequält wird. Ellen lässt sie zum Beispiel für eine Internet-Website Cumshots machen. Ich würde es nicht mögen, wenn man mein Gesicht so im Internet sehen kann. Aber ich habe kein Problem damit, wenn mir ein Mann in den Mund oder ins Gesicht spritzt. Für Alina muss das die Hölle sein. Und sie hat keine Hoffnung. Sie hatte wohl mal gehofft, dass ihre Liebe erwidert wird. Aber eine solche Hoffnung kann es nicht geben, wenn du verstehst, was ich meine. Wie soll sie als Sklavin hoffen dürfen?«

»Und was kümmert es dich und mich?«

»Mark, du weißt, dass ich dich sehr schätze. Ich habe in der Zeit mit dir sehr viel gelernt und unendlich viele neue Erfahrungen gemacht. Ohne dich wäre das nie möglich gewesen. Ich bin dir wirklich sehr dankbar dafür, und ich möchte weiterhin deine Sklavin sein. Ja, das möchte ich wirklich. Ich möchte dich auch nicht enttäuschen. Aber du weißt auch, dass ich Alina sehr lieb habe. Ich bin in großer Sorge um sie. So wie sie da bei Ellen lebt, das kann nicht gutgehen. Eine Lesbe kann nicht Sklavin einer Frau sein, die andere Frauen verachtet und vermutlich Lesben im Besonderen. Versteh doch bitte: Sie ist dort gefährdet. Das ist kein Spiel! Wir haben eine Vereinbarung getroffen, und ich habe mich darauf eingelassen. Du warst immer sehr fair zu mir. Ich möchte unseren Vertrag auch in Zukunft erfüllen. Und wenn du es verlangst, halte ich sofort meinen Mund. Wenn du mich auch ein bisschen gern hast, ich meine wirklich gern hast, dann hör mir bitte in diesem Punkt einfach mal zu. Bitte!«

Tränen liefen ihr übers Gesicht.

In den nächsten zehn Minuten sagte Mark kein Wort. Kiara saß schweigend neben ihm und hielt den Kopf gesenkt. Sie bogen in die Taunusstraße ein und näherten sich dem Frankfurter Bahnhofsviertel. In der Ferne konnte sie bereits die Neon-Reklamen der einschlägigen Etablissements des Frankfurter Rotlicht-Viertels erkennen.

»Kiara, ich habe verstanden, was du mir sagen wolltest. Ich denke über uns beide noch mal nach und bespreche mich auch mit anderen, insbesondere mit Michael. Bei Gelegenheit teile ich dir dann meine Entscheidung mit.

Wie auch immer. Wegen Roberts Anruf habe ich mich zu einer Bestrafung veranlasst gefühlt. Zugegeben, diese Entscheidung wäre nach unserem Gespräch von eben anders ausgefallen. Vielleicht sollte ich dich öfter einmal etwas länger zu Wort kommen lassen.

Nun habe ich aber die Bestrafung bereits vereinbart. Bitte akzeptier das. Aber du hast mir ja eben ohnehin gesagt, dass du sehr viele interessante Erfahrungen dank mir gemacht hast. Und heute kannst du eine weitere machen. Ist das so okay für dich?«

Kiara lächelte. Das Gespräch mit Mark hatte ihr sehr gutgetan. Sie war so froh darüber, sich ihm endlich anvertraut zu haben. »Mark, ich bin deine Sklavin, natürlich akzeptiere ich deine Bestrafung. Und auch diesmal werde ich dich nicht enttäuschen … Danke.«

Am Hauptbahnhof

Mark bog in die Elbestraße ein und hielt an.

Viktor hätte die Karikatur eines Zuhälters sein können: groß, kräftig, übergewichtig, am ganzen Körper tätowiert, brutale Fratze, Macho-Gehabe, Glatze, Goldkettchen, Rolex. Und: Viktor war Zuhälter.

Mark überreichte ihm Kiara. »Morgen früh um zehn hole ich sie wieder ab.«

»Hier treiben wir den Weibern ihre Flausen aus dem Kopf. Wirst sehen, Mark.«

Viktor schob Kiara in sein Zimmer.

»So, Kindchen. Du darfst diese Nacht exklusiv für mich anschaffen, und zwar gleich hier vorn in einem Zimmer in der Taunusstraße. Aber damit das auch klappt, erkläre ich dir erst mal, wie der Laden läuft. Ich habe gehört, du hast neuerdings ständig was mit anderen Weibern. Das treibe ich dir aus. Jedes Mal, wenn du dich wieder auf eine eingelassen hast, darfst du hier anschaffen und den Jungs einen blasen. Das machen wir dann so oft und so lange, bis du jegliches Interesse an Weibern verloren hast. Noch besser: Du bringst deine Freundin gleich mit. Dann hab ich euch im Doppelpack: die eine hier, die andere auf dem Straßenstrich. Ja, und wenn das immer noch nicht reicht, dann kommt eins zum anderen: erst Straßenstrich, dann Autobahnraststätten, schließlich Tschechien. Also, mach ruhig so weiter, dann habe ich ein prima preiswertes Pferdchen mehr im Stall. Oder auch zwei.«

Er taxierte Kiara von oben bis unten.

»Lass erst mal sehen, was du zu bieten hast.« Seine Handbewegung ließ erkennen, dass er ihren Körper meinte. Kiara zog sich aus.

»Ja, prima. Damit lässt sich was anfangen. Was machst du denn alles? Lässt du dich in den Arsch ficken?«

»Ja, normalerweise schon.«

»Gut. Kann man dich Mark abkaufen?«

»Das musst du mit Mark besprechen. Aber ich denke nicht.«

»Na ja, war ja auch nur so 'ne Idee. Also, Kindchen, hier läuft das etwas anders, als du es gewohnt bist. Die Leute, mit denen Mark es zu tun hat, machen ständig Bluttests. Kennst du ja von dir sicherlich auch. Wenn zum Beispiel Joachim sein Sommerfest gibt, dann musst du beim Einlass einen aktuellen Test vorlegen. Hier sind Gummis Pflicht. Ohne die läuft absolut nichts. Hier gibt es Schlampen, die machen es für ein paar Euros mehr auch ohne, du aber nicht. Verstanden?«

»Ja, klar.«

»Zeig mal dein Hinterteil.«

Kiara drehte sich um.

»Ist alles okay, kannst mir wieder deine Titten zuwenden. Ich habe nur geschaut, ob dein Halter dir in der letzten Zeit ein paar stärkere Striemen zugefügt hat. Nicht dass ich was dagegen hätte. Im Gegenteil, ihr Weiber habt es meist nicht anders verdient, euch tut die Peitsche gut. Aber hier arbeiten viele Frauen auf eigene Rechnung. Und wenn dann eine mit Striemen dabei ist, dann glauben die Freier, die wäre hier von ihrem Eigentümer reingeprügelt worden. Die will eigentlich nicht arbeiten, muss es aber. Also, so eine wie du. Das törnt viele total ab. Umso besser, wenn man dir nichts ansehen kann.«

Viktor griff nach einer Packung Kondome.

»Wie gut kannst du mit Gummis umgehen?«

»Ich habe nicht sehr viel Erfahrung damit.«

»Also, die Nutte zieht dem Freier das Kondom über. Denn es geht um deine Sicherheit. Dir nützt es nichts, wenn's einer gleich beim Anziehen kaputt macht oder falsch überzieht und es dann beim Ficken wegrutscht. Außerdem werden die Kerle meist nervös dabei. Die sind froh, endlich 'nen Steifen zu haben. Und wenn sie sich dann das Gummi überrollen sollen, macht es peng, und das Ding ist wieder schlaff. Also machst du das am besten beim Blasen. Du fängst mit dem Blasen an, rollst ihm dabei das Gummi rüber und dann macht ihr das, was ihr vorher vereinbart habt. Claro?«

»Ja, bis jetzt noch.«

»Keine Angst, wir üben gleich alles. Ich will ja auch meinen Spaß haben. Meinst du, ich schicke dich gleich aufs Zimmer, ohne dich vorher getestet zu haben? Bei mir darf nur gute Ware arbeiten. Ich mache also die Qualitätskontrolle. Wenn du wissen willst, wofür Zuhälter gut sind, das ist so ein Grund. Noch 'ne Frage?«

»Nicht direkt dazu. Aber was ist mit dem Geld?«

»Dazu komme ich noch. Eins nach dem anderen. Aber klar, Weiber denken immer zuerst ans Geld.

Also, ich beschreib dir mal den Ablauf. Zieh erst mal wieder deine Strümpfe und Schuhe an, die sind okay, dazu noch diesen Rock und dieses BH-Oberteil.«

Er wartete, bis sie fertig war.

»Lass mal sehen, dreh dich mal um. Prima. Wart mal! Was hast du für 'ne Schuhgröße? Okay, dann zieh mal diese Schuhe an, deren Absätze sind noch etwas höher. Ja, so ist es perfekt. Siehst wie 'ne Super-Nutte aus. So könntest du auch auf dem Straßenstrich anfangen. Oder wollen wir dahin?«

»Ich kann das nicht entscheiden. Was hat Mark denn gesagt?«

»Beruhige dich, Kindchen. Mark hat sich hierfür entschieden, und dann bleiben wir auch dabei. Schließlich gehörst du ja noch ihm.

Entweder du arbeitest, dann hast du deine Zimmertür zu, oder du gehst auf Freierfang, dann stehst du in der Tür und bietest dich an.

Stell dich mal da in den Türrahmen. Kannst dich ruhig ein bisschen anlehnen, sieht besser aus, ja, ungefähr so. Und jetzt schau mich mal so an, dass ich gar nicht anders kann, als dich zu kaufen. Du musst immer im Kopf haben, dass in der Nebentür ’ne andere steht, die auf die gleichen Freier scharf ist.«

Nichts fiel Kiara leichter als das.

»Ja, cool. Du hast es echt drauf. Und noch ein Tipp. Schau die Typen an, die du haben willst. Die meisten Männer wollen begehrt werden. Wenn du einen Freier so anschaust, als wenn dir noch nie ein geilerer Typ über den Weg gelaufen ist, dann kauft er. Bei dir sowieso.

Also, das Ganze beginnt mit dem Verhandeln. Vor der Tür wird ausgemacht, was der Kunde will beziehungsweise was du anbietest und was das kostet. Und nachdem die Tür dann innen zu ist, fließt zuallererst das Geld. Die Preise habe ich dir hier zusammengestellt. Halt dich daran, sonst kratzen dir deine Kolleginnen die Augen aus. Leg dir das Blatt so zurecht, dass du jederzeit einen Blick darauf werfen kannst. Aber ich bin mir sicher, so clever, wie du ausschaust, hast du das in ein paar Minuten drauf. Achte darauf, dass du das Geld sicher deponierst. Liegt das Geld irgendwo rum, ist es schnell weg. Nicht nur die Freier sind gefährlich, sondern auch deine Kolleginnen.

Deine Aufgabe ist es, diese Nacht fünfhundert Euro zu verdienen. Zweihundert kostet das Zimmer, also musst du echte dreihundert für mich anschaffen. Du hast daran eine Gewinnbeteiligung von null Prozent. Schaffst du das Ziel nicht, gehörst du mir für eine weitere Nacht, und zwar so lange, bis du es endlich drauf hast. Fünfhundert ist eine Menge Geld, die meisten Mädchen hier schaffen das nicht. Speziell jetzt in der Nacht ist das nicht leicht, also streng dich richtig an.

In den Zimmern findest du Alarmknopf, Uhr, Gummis, Papier, Gleitgel, Waschzeug und alles, was es sonst noch braucht. Gleitgel benötigst du wahrscheinlich nicht, jemand wie du ist bestimmt dauergeil.«

Kiara schwieg.

»So, und dann lass uns mal zum praktischen Teil übergehen. Komm mal her zu Daddy.«

In der nächsten halben Stunde brachte er ihr die notwendigen praktischen Kenntnisse bei. Dabei probierte er ganz nebenbei ihre Öffnungen aus.

Kiara arbeitete die ganze Nacht ohne Unterbrechung in ihrem kleinen Bordellzimmer in der Taunusstraße. Wie sie die Freier von sich überzeugen konnte, hatte sie sehr schnell heraus. Die gleiche Art, die sie auch im Umfeld von Mark so begehrenswert machte, wirkte auch hier. Ein Freier blieb sogar gleich zwei Stunden bei ihr. Gegen neun Uhr morgens hatte sie bereits 750 Euro zusammen. Eine halbe Stunde später holte Viktor sie ab.

»Na, wie läuft's denn, Kindchen? Papa möchte Kasse machen.«

Kiara gab ihm ihren gesamten Verdienst.

»Oh, Schätzchen war aber fleißig! Du könntest mein bestes Pferd im Stall sein. Bist du sonst mit allem klargekommen? Gummis, Gleitgel, Freier, alles so weit in Ordnung?«

»Das Gleitgel habe ich nicht angerührt.«

»Sag ich doch! Du bist mir vielleicht 'ne Nummer! Ich muss noch mal mit deinem Mark über dich reden. Komm zu Papa, und du wirst es besser haben. Na ja, werden sehen. Räum kurz dein Zimmer auf, bring die Sachen in den Müll und komm dann runter in mein Büro. Du kannst ruhig so durch die Gegend laufen, die Kerle werden dich zwar angaffen, aber damit hast du ja eh kein Problem.«

Als Kiara das Zimmer von Viktor betrat, war Mark bereits da.

»Mensch, Kiara, wenn ich das gewusst hätte, wäre ich auch als Freier zu dir gekommen. Du siehst ja rattenscharf aus.«

»Danke, Mark.«

»Liebling, zieh dich bitte rasch um, ich bringe dich nach Hause, und dann darfst du meinetwegen den lieben langen Tag im Bett herumlümmeln. Du musst ja todmüde sein.«

»Ja, in der Tat, ich könnte auf der Stelle einschlafen.«

»Wie machen wir es denn, Mark?«, meldete sich Viktor zu Wort. »Die Kleine hat diese Nacht nur 350 Euro eingenommen. Dann werde ich sie nächste Woche wohl noch mal haben, oder?«

Kiara schaute entsetzt auf, wagte aber nichts zu sagen.

Mark sah auf seine Uhr. »Kiara, kommst du mal bitte.«

Kiara hatte schon wieder einen Großteil ihrer ursprünglichen Kleidung an.

»Wenn ich möchte, dass du dich jetzt vor mir ausziehst, kann ich das für 150 Euro haben? Ja oder nein?«

»Aber sicher, mein Herr.« Kiara lächelte. Sie ahnte, worauf er hinauswollte. »Bezahlt wird hier aber immer vorher.«

»Verstehe.« Mark holte seine Brieftasche hervor und gab ihr das Geld. »Bitte schön!«

Kiara reichte die Scheine direkt an Viktor weiter. »Hier ist meine restliche Tageseinnahme. Tut mir leid, dass ich erst jetzt damit rausrücke.«

Dann zog sie ihr Oberteil aus, aber Mark hielt sie sofort zurück. »Danke. Gefällt mir sehr gut. Hab genug gesehen. Zieh dich bitte wieder an.«

Wenige Minuten später saßen sie im Auto. Kiara wäre beinahe auf der Stelle eingeschlafen.

Sie blickte kurz zu Mark hinüber und flüsterte ganz leise: »Danke!«

»Sag mal, Kiara, wie viel hast du denn tatsächlich in dieser Nacht verdient?«

»750 Euro. Und warum fragst du?«

»Mir war dein Blick aufgefallen, als er die Summe von 350 Euro nannte. Das hat mich stutzig gemacht. Außerdem kenne ich dich. Du würdest im Bahnhofsviertel doch nicht mit 350 Euro pro Nacht nach Hause kommen. Du doch nicht! Die Kerle würden die ganze Nacht bei dir Schlange stehen.«

Kiara schaute ihn lange an. Irgendwie hat sich unser Verhältnis seit unserer Aussprache verändert, überlegte sie. Erst glaubt er mir und nicht diesem Zuhälter, und dann erlaubt er mir auch noch, eine Gegenfrage zu stellen, ohne mich gleich in die Schranken zu weisen. Sie lächelte vor sich hin. Mark legte ihr eine Hand zwischen die Schenkel, die sie ihm bereitwillig öffnete. Dann schlief sie erschöpft ein.

Ein Tag am Main

Nach einem längeren Einkaufsbummel kehrten Kiara und Miriam in eins der in der Nähe des Eisernen Stegs ankernden Restaurantschiffe ein. Sie gingen bis ganz ans Ende des Schiffes durch, wo vier kleinere Tische standen. Kiara mochte diesen Platz. Einerseits waren sie hier recht ungestört, andererseits gab er ihr das Gefühl, dem Wasser besonders nahe zu sein.

Sie spannten einen Sonnenschirm auf. Und Kiara bestellte einen gespritzten Apfelwein, Miriam eine Cola.

»Auf meiner Uhr ist es jetzt Viertel nach zwei. Schau doch mal, ob deine noch geht.«

»Miriam, bitte sei nicht so spitz. Ich muss erst um neun wieder zurück sein, und diesmal denke ich bestimmt daran.«

»Nennt man das nicht Ausgang?«

»Miriam, bitte!«

»Und hast du jetzt sicherheitshalber eine Stunde weniger?«

»Ach, Miriam.« Eine Träne lief Kiara über die Wange.

»Ist ja schon gut, Liebes. Aber du erzählst mir ja auch nichts. Als deine beste Freundin darf ich mir ja wohl Gedanken um dich machen, oder?«

»Ja, darfst du. Aber sei bitte nicht so gemein, ich vertrage das momentan nicht gut.«

»Komm, lass uns über etwas anderes reden. Dich bedrückt doch was, aber du willst es mir nicht sagen. Du hast sicher deine Gründe dafür. Wie weit bist du denn mit deinem Buch?«

»Ich komme ganz gut voran. Erst letzte Woche habe ich ein Kapitel abgeschlossen.«

»Aha! Und? Worum geht's eigentlich darin?«

»Kann ich jetzt noch nicht sagen. Das Buch ist ja noch nicht fertig.«

»Liebes, bei mir sind solche Sachen absolut sicher aufgehoben. Ich erzähle gewiss niemandem irgendwas über den Inhalt deines Buches, jedenfalls nicht, bevor man es kaufen kann. Was denkst du eigentlich von mir?«

»Miriam, das wollte ich dir auch nicht unterstellen.«

»Ja, aber was dann? Kiara, worüber sollen wir beide uns unterhalten? Über deinen Mark rückst du nichts raus, und über dein Buch willst du auch nichts sagen. Guck mal, sind das nicht wunderschöne Schwäne da drüben?«

»Nein, Miriam, wir müssen uns nicht über die Schwäne unterhalten.«

»Aber worüber denn?«

»Ich traue mich nicht, dir das letzte Kapitel zu erzählen. Ich habe Angst, dass du mich dann verachtest.«

»Liebes, du willst das Buch veröffentlichen, oder? Irgendwann liegt es dann in den Buchhandlungen herum, und letztendlich kommt ja doch alles heraus. Und wenn es wirklich so schlimm ist, wie du tust, dann ist es besser, du erzählst es mir gleich, weil ich mich dann beim Erscheinen des Buches schon längst wieder abgeregt habe. Andersherum kann ich für nichts garantieren.«

Kiara schaute den am Ufern vorbeifahrenden Radfahrern und Skatern zu. Und sie gab sich einen Ruck.

»Okay, ich will es mal versuchen. Hör einfach zu und lach mich nicht aus. Deine Kommentare kannst du ja hinterher abgeben.«

Dann erzählte sie Miriam ihr Erlebnis bei Jonas, aber aus der Sicht ihrer Romanfigur.

»Das ist gut, Liebes, gefällt mir! Aber sag mal, wie kommst du denn auf solche Sachen? Kann es sein, dass ich dich noch gar nicht richtig kenne? Woher nimmst du das? Und was mag da sonst noch alles in deinem Köpfchen drinstecken, was du mir und anderen vorenthältst?«

»Miriam, bitte, fang nicht schon wieder damit an!«

»Ich sag doch gar nichts.«

Sie wurden durch den Ruf eines Mädchens unterbrochen.

»Kiara!«

Kiara schreckte auf. Am Ufer winkten zwei Skaterinnen. Eine davon war Lissy.

Und dann kamen sie auch schon lachend und albernd zu Kiaras und Miriams Tisch gerollt.

»Hi, Kiara, schau mal, das ist meine Freundin Ayisha.«

Lissy und Ayisha gaben sich einen Kuss auf den Mund, um sich gleich darauf zu Kiara zu setzen.

»Hallo, ihr beiden. Das ist übrigens meine beste Freundin Miriam.«

Ayisha war ein junges Mädchen von vielleicht 16 oder 17 Jahren. Sie hatte große dunkle Augen, tiefschwarze Haare und eine leicht getönte Haut. Kiara überlegte, ob sie wohl eher türkische oder indische Eltern hatte. Beide Mädchen sahen in ihren knappen Röckchen und mit ihren Knie- und Ellbogenschützern einfach reizend aus.

»Kiara, ich habe mit Jonas Schluss gemacht. Sein Daddy hat mich zwar noch umstimmen wollen, hat mir sogar richtig Knete geboten, doch ich bin stur geblieben. Der kann mich in Zukunft mal. Übrigens, ich habe nichts verraten.«

Miriam schaute neugierig drein.

»Danke, wirklich ganz lieb von dir. Und Dank an Christina Aguilera. Jonas und du, das wäre sowieso nicht gutgegangen.«

»Und weißt du was, Kiara?« Die Stimme von Lissy klang freudig und aufgeregt.

»Ayisha und ich sind jetzt zusammen! Ich hab deinen Rat gleich am nächsten Tag befolgt!«

Die beiden Freundinnen küssten sich erneut auf den Mund.

»Ach, du bist das?«, stellte Ayisha erstaunt fest.

Und ehe sich Kiara versah, bekam sie einen schmatzenden Kuss und atmete den süßlichen Duft des Mädchens ein.

Lissy und Ayisha bestellten sich jeweils eine Cola, alberten noch ein bisschen herum, küssten sich. Dann wollten sie schließlich weiter. Zum Abschied gab Kiara beiden einen Kuss.

Miriam schaute Kiara mit großen Augen an.

»Liebes, ich glaube, du bist mir jetzt eine Erklärung schuldig. Eben erzählst du mir von deinem Buch, von einem Erlebnis einer Frau – na ja, ich kann das Wort kaum aussprechen, einer Sklavin – mit zwei Jugendlichen namens Jonas und Lissy, wobei sich Lissy am Ende von ihrem

Jonas trennt. Und dann sitzt mir hier gerade eine Lissy gegenüber, die dich auf den Mund küsst und die sich eben erst von ihrem Freund Jonas – wie könnte es anders sein – getrennt hat. Jetzt hat sie ein Verhältnis mit ihrer besten Freundin, genauso wie in deinem Buch. Und natürlich hat der Vater von Jonas sie noch mit Geld umstimmen wollen, genau wie in deinem Buch. Kiara, wir kennen uns nun schon so lange. Ich bin deine beste Freundin, jedenfalls habe ich das mal geglaubt. Sag mir doch bitte endlich, was mit dir los ist!«

Kiara senkte den Kopf und nahm die Hände vors Gesicht. Dann begann sie am ganzen Körper zu zittern. Und sie weinte vor sich hin. Miriam setzte sich neben sie und nahm sie in die Arme. Sie sagte kein Wort.

Nach einer ganzen Weile beruhigte Kiara sich etwas. Sie trocknete die Tränen und ging zur Toilette. »Bin gleich wieder da.«

Als sie zurückkehrte, hatte sie sich wieder ein bisschen gefangen.

»Miriam, du hast recht. Ich verschweige dir etwas. Aber das liegt zum Teil auch an dir. Ich habe vor einiger Zeit einmal versucht, dir etwas über mich mitzuteilen, was mich schon länger bedrückte. Zugegeben, es war kein günstiger Zeitpunkt, wir hatten beide zu viel getrunken. Aber du hast mich damals ausgelacht. Meine Angst ist, das könnte jetzt auch wieder passieren. Schlimmer noch: Du würdest mich für alle Zeiten verachten. Alles, was ich von dir verlange, ist, dass, egal, was ich dir gleich von mir erzähle, ich trotzdem für dich immer noch die gleiche Kiara wie vorher bin.«

»Okay, Liebes, ich verspreche es dir. Ich kann mich zwar

an nichts mehr erinnern, aber vielleicht habe ich damals wirklich nicht richtig zugehört und auch sehr dumm reagiert.«

Dann erzählte Kiara ihrer Freundin von ihren verborgenen Wünschen, den Enttäuschungen in ihrer Beziehung mit Jens, ihrem Erlebnis am Flughafen, der Kontaktanzeige, dem ersten Zusammentreffen mit Mark, ihrer Unterwerfung und ihrem Leben als Sklavin. Und natürlich berichtete sie auch von Alina und ihrer Liebe zu ihr.

Miriam war sprachlos.

»Liebes, an vielen Stellen ist es mir nicht leichtgefallen, dir zu folgen. Und ganz offen, das war viel mehr, als ich befürchtet habe. Ich frage mich überhaupt, was ich denn bisher von dir gewusst habe. Du kommst mir jetzt wie ein riesengroßer Eisberg vor, von dem nur ein winzig kleiner Teil aus dem Wasser herausragt. Eisberg ist vielleicht ein schlechtes Beispiel, mir ist aber auf die Schnelle nichts Besseres eingefallen. Vulkan würde es wohl eher treffen.«

Kiara musste lächeln.

»Eins verstehe ich an der ganzen Sache aber nicht«, fuhr Miriam fort. »Du hast dich immer sehr für die Rechte von Frauen eingesetzt. Oft hast du noch viel mehr auf Gleichberechtigung gepocht als ich. Das war dir immer sehr wichtig. Wie passt das mit deinem jetzigen Leben zusammen?«

»Miriam, ich weiß da ja auch nicht richtig weiter. Ich habe einen sehr starken Wunsch, mich einem Mann sexuell zu unterwerfen. Er soll etwas mit mir anfangen, mich überall anfassen und mich ohne Rücksicht nehmen.

Natürlich wäre es sozusagen politisch korrekt und vielleicht auch schön, wenn Mark mich nur im Bett dominieren würde, während wir ansonsten vollkommen gleichberechtigt wären.

Einmal habe ich mich darüber etwas länger mit Marks bestem Freund Michael unterhalten. Er meinte, die Sache wäre dann nur ein Spiel. Auf diese Weise könne keine echte Hingabe entstehen.«

»Ja aber, Kiara, Mark kontrolliert doch alles bei dir, selbst die Zeiten, an denen du ausgehen darfst. Das verstehe ich nicht. Du redest doch nur von Sex.«

»Miriam, ich befürchte, das kann man nicht wirklich trennen. Er kontrolliert zum Beispiel meinen Orgasmus, damit hat er die Herrschaft über meine Sexualität. Mein Körper gehört Mark, auch jetzt in diesem Augenblick. Und wenn er den jetzt zurückhaben will, um ihn zum Beispiel jemand anderem zur Verfügung zu stellen, dann füge ich mich. Das ist der Deal! Und genauso brauche ich es.

Als mich Michael das erste Mal sah, meinte er zu Mark: ›Die ist aber hübsch, kann ich die mal ausprobieren?‹ Marks Antwort war: ›Klar, dafür ist sie ja da.‹ Ich verstehe, wenn dich das irritieren oder schockieren sollte. Glaub mir, ohne mein Verlangen ginge mir das nicht anders. So ist es für mich aber genau richtig. Erst dadurch fühle ich mich wirklich als Frau.«

»Als Frau? Warum nicht als ein Stück Fleisch, das eine Horde Männer sich teilt?«

»Miriam!«

»Entschuldigung, Liebes, ich wollte dich nicht verletzen. Ich möchte dich ja nur wirklich verstehen.«

»Miriam, ich verstehe ja auch nicht alles. Jens und ich waren in jeder Hinsicht gleichberechtigt. Ich bin ihm dabei aber immer ähnlicher geworden, nicht er mir, sondern ich ihm. Mir ist die Hingabe abhandengekommen. Ich glaube, er hätte sie nicht mal akzeptiert. Er hätte mit einer solchen Frau gar nichts anfangen können oder wollen, vielleicht wäre ich für ihn sogar irgendwann mal zum Störfaktor geworden. Möglicherweise hat er den Konflikt gespürt und sich deshalb noch schnell an den von mir so ziemlich entferntesten Ort der Welt verzogen. Was Mark mit mir anstellt und von mir verlangt, ist sicherlich extrem. Aber er widmet mir auch sehr viel Zeit, sehr viel mehr als Jens. Und ich bekomme sehr viel Zuwendung, und zwar als Frau, nicht nur für irgendwelche Artikel oder klugen Worte.

Natürlich muss ich sehr viel geben, bekomme aber auch sehr viel zurück. Als ich nach dem Aufenthalt bei Ellen nackt, wehrlos, erschöpft und zerschunden in seinen Armen lag und seine Liebkosungen empfing, da war das so ein Augenblick, an dem ich hätte sagen wollen: ›Verweile doch, du bist so schön!‹

Ich war in diesem Moment nur noch Weib und sonst nichts. Es war wie ein Urprogramm, das plötzlich wieder lief. Vielleicht soll ich auch deshalb so viel Fleisch essen: Ich bin seine Steinzeitfrau, die von ihm genährt und dann in seine Höhle geschleppt und geschwängert wird. Und ist es nicht das, worum es im Leben geht?«

»Wusste ich es doch! Und beim letzten Mal wolltest du mir – deiner besten Freundin – noch weismachen, du würdest nun Steaks statt Spaghetti essen, weil du nicht mehr aufs Geld achten musst. War also doch alles von ganz weit oben angeordnet! Okay, ich kriege mich wieder ein, kannst wieder freundlich gucken. Aber was war das mit dem Schwängern? Denkt ihr etwa an Kinder? Ich dachte, es geht um Sex.«

»Miriam, du weißt, ich gehöre ihm, mein Bauch auch, und mein Magen sowieso. Momentan verhüte ich, das ist zwischen uns so abgesprochen. Aber selbstverständlich darf er mir ein Kind machen, ein paarmal hab ich es mir sogar schon gewünscht.«

»Und was ist mit deinem Beruf?«

»Er hat nichts gegen meinen Beruf, im Gegenteil, er unterstützt mich darin, wenn er kann. Er ist ein kluger Mann. Ich kann mit ihm über meine Arbeit diskutieren. Ich habe schon den einen oder anderen sinnvollen Ratschlag von ihm bekommen. Manchmal hört er nur zu, auch das hilft.

Vielleicht vermittelte ich auch einen falschen Eindruck. Mit Mark gibt es auch viele normale Momente, so wie bei anderen Paaren auch. Doch im nächsten Moment bin ich dann wieder sein Mädchen, was von ihm erzogen wird.«

»Ja, dann ist ja eigentlich alles paletti! Oder wo ist dein Problem? Wenn ich mal zusammenfassen darf: Eine Horde Steinzeitmänner hält sich ein Steinzeitweibchen und fickt es täglich nach allen Regeln der Kunst durch. Wenn es nicht pariert, wird es noch mehr gefickt, verprügelt oder weitergereicht. Mit alldem hat das Steinzeitweibchen jedoch kein Problem, im Gegenteil, es findet die Situation geil. Gefüttert wird es mit Fleisch. Und ein bisschen Auslauf hat es hin und wieder auch noch. Wie zum Beispiel heute.

Du musst nicht wieder so ernst dreinschauen. Das ist jetzt nicht böse gemeint. Im Gegenteil, manches macht mich sogar ausgesprochen neidisch. Einige deiner Erlebnisse fand ich abschreckend, zum Beispiel das mit Ellen. Aber bei deiner Schilderung über deine erste Begegnung mit Michael, als Mark dich wie ein neu erstandenes Videospiel an seinen Freund ausgeliehen hat, bin ich sogar richtig feucht geworden.«

Kiara musste grinsen. »Soll ich dich mit ihm bekannt machen?«

»Nein, danke! Oder hast du den Auftrag, mich für deine Fick-Sekte anzuwerben?«

»Miriam!«

»Entschuldigung, meine Liebe. Aber du wirst sicherlich auch verstehen, dass ich mich mit manchen Details noch immer sehr schwertue. Für eine emanzipierte Frau ist das meiste deiner Schilderungen ja echt hammerhart. Emanzipation heißt doch irgendwie auch Autonomie, und gerade auf die verzichtest du.«

»Emanzipation heißt für mich auch, zu meinen Wünschen und Bedürfnissen zu stehen, mich also ernst zu nehmen. Und ich möchte mich nun mal einem Mann unterwerfen. Warum soll ich eine gleichberechtigte Beziehung wie mit Jens führen, wenn ich dabei nicht glücklich bin? Es geht doch um mein Glück! Außerdem gibt es auch Männer, die von einer Frau oder einem Mann dominiert werden möchten. Vielleicht ist das etwas schwieriger, denn Mark ist mir physisch weit überlegen, seine Macht mir gegenüber ist also real. Wenn er mich für etwas bestrafen möchte, dann fehlt mir allein schon die Kraft, das zu verhindern. Aber gerade diese Zwangsläufigkeit reizt mich so. Manchmal habe ich dabei nur ein Halsband an. Er packt mich an den Handgelenken, und dann weiß ich, gleich macht er etwas mit mir, aber was? Ich bin ihm völlig ausgeliefert, bin ganz Weib. Es ist wie ein Geschlechtsakt, bei dem mir ein Kind gemacht wird und ich es hinzunehmen habe. Das erregt mich.«

»Liebes, ich möchte dir dein Glück nicht nehmen. Aber bist du denn glücklich? Du hast gerade sehr geweint, so wie ich es bei dir noch nie erlebt habe. Also kann ja nicht alles nur Friede, Freude, Eierkuchen – oder sollte ich sagen: Ficken, Peitschen, Verleihen – sein. Du hast doch was?«

»Miriam, mein großes Problem ist meine Liebe zu Alina, der Sklavin von Ellen. Ich gehöre Mark, und Alina gehört Ellen. Sollte ich Mark verlassen oder er mich verstoßen, dann sehe ich Alina nie wieder. Bleibe ich bei Mark, muss ich meine Gefühle ihr gegenüber unterdrücken. Ich kann bestenfalls darauf hoffen, hin und wieder einen liebevollen Blick von ihr aufzuschnappen.

Noch mehr bedrückt mich aber etwas anderes. Ellen verachtet Frauen und Lesben sowieso. Alina ist eine Lesbe. Ständig lässt Ellen ihre Wut und Verachtung an ihr aus. Alina war früher mal in Ellen verliebt, worauf sie von ihr versklavt wurde. Ich weiß nicht, wie belastbar Alina wirklich ist, aber auf Dauer kann kein Mensch so was aushalten. Ich habe Angst um Alina.

Wenn ich als Sklavin von Mark nur Verachtung spüren würde, dann hätte das alles für mich keinen Sinn mehr. Ich glaube, dann würde ich mich auch nicht mehr gern anderen Männern hingeben wollen.«

»Ja, und warum macht sie das alles mit? Wir sind ein freies Land. Bei uns gibt es keine Sklaverei mehr. Warum geht sie denn nicht einfach?«

»Miriam, bei mir wäre das einfacher: Ich verdiene mein

eigenes Geld, habe meine eigenen Sachen, eine gute Ausbildung, diverse Kontakte, ein intaktes Elternhaus, einen einflussreichen Vater und bin ein paar Jahre älter als Alina. Ich könnte jederzeit gehen. Mir würde es schwerfallen, aber es könnte mir gelingen.

Wohin sollte Alina denn gehen? Sie hat vielleicht keine Eltern mehr oder Geschwister. Wenn sie Ellen verlässt, steht sie mittellos auf der Straße. Möglicherweise hat sie nicht mal Geld für ein U-Bahn-Ticket.

Und dann hat sie wahrscheinlich noch den gleichen Grund wie ich, und der wiegt schwerer: Sie würde mich nie wiedersehen. Und sie weiß nicht, wo ich wohne und wie ich heiße, und mir geht es umgekehrt genauso. Sie kann das auch nicht erfragen, denn eine solche Frage ziemt sich nicht. Sie würde lediglich Peitschenhiebe ernten.«

»Oje, jetzt verstehe ich dich, Liebes. Da trägst du aber wirklich was mit dir herum. Ach, du Ärmste. Und ich wollte schon die ganze Zeit auf Mark rumhacken. Aber das ist ja was ganz anderes.«

»Weißt du, Miriam, in meinen Träumen wünsche ich mir immer, Alina wäre bei mir. Als Sklavin sehne ich mich nach jemandem auf gleicher Ebene, es geht also auch noch um etwas anderes als nur um Liebe. Es wäre schön, wenn eine zweite Sklavin an meiner Seite wäre. Verstehst du das?«

»Das verstehe ich sehr gut. Normalerweise sind ja Männer und Frauen heute gleichberechtigt. Aber oft wünsche ich mir auch nur eine starke Schulter, an die ich mich einfach mal lehnen kann. Bei Paul finde ich die leider nicht, und wenn, dann nur ganz selten. Bei dir jedoch gibt es nur starke Schultern und wenig Gleichheit. Ich kann deinen

Wunsch vollkommen verstehen. Sag mal, müssten wir eigentlich nicht langsam …?«

»O ja, Schreck lass nach. Und hier in der Nähe ist es schwer, ein Taxi zu bekommen. Mist! Vielleicht steht eins vor dem Sachsenhäuser Krankenhaus. Komm, lass uns schnell bezahlen und aufbrechen. Aber ist auch egal. Er wird mich dafür bestrafen, aber das Gespräch mit dir war es mir wert.«

»Nein, Kiara, das akzeptiere ich nicht. Du rufst ihn jetzt an und sagst ihm, du würdest dich ungefähr eine Viertelstunde verspäten. Ich bestelle uns gleichzeitig ein Taxi zum Eisernen Steg. Und dann fahre ich schön mit und erkläre Mark genau, warum du heute entschuldigt bist. Und wenn er das nicht akzeptiert, dann muss er eben mich auspeitschen. In Ordnung?«

Kiara lächelte. »Miriam, du weißt nicht, was du da sagst. Damit ist nicht zu spaßen, du würdest lediglich seinen Jagdtrieb wecken. Wenn du ihm so etwas auch nur andeutest, dann bekommst du noch heute die Peitsche, das ist so sicher wie das Amen in der Kirche. Aber vielleicht willst du das ja auch? Du würdest auf alle Fälle anschließend sehr gut durchgefickt nach Hause kommen. Oder auch erst in ein paar Tagen. Dann entsprechend von vielen Männern, kann auch ganz reizvoll sein.«

Miriam lachte auf. »Danke für die Warnung. Nein, so weit wollte ich es nun doch nicht kommen lassen. Aber du kannst mich nicht davon abhalten, ihn von deiner Unschuld zu überzeugen.«

»Na, dann viel Spaß. Ich weiß jedenfalls schon genau, wie das darauffolgende Gespräch mit mir ausgehen wird. Und welche Bedeutung er der Aussage einer zweiten Frau und potentiellen Lügnerin beimessen wird. Nur seine Strafe kenne ich noch nicht. Aber mach dir darüber mal keinen Kopf, Miriam. Für mich war das ein sehr schöner Tag und Abend mit dir. Was bin ich froh, dir endlich alles gesagt zu haben. Es ist nicht leicht, das so allein mit sich herumzutragen und es keinem erzählen zu können. Er wird mich nachher bestrafen, das ist sicher. Und dazu hat er ja auch das Recht, denn ich habe mich nicht an die heute mit ihm getroffene Vereinbarung gehalten. Meine und deine Gründe sind letztendlich völlig egal. Wie gesagt, ich ertrage gern die Strafe für das heutige Zusammensein mit dir.«

Mark hatte am Abend noch diverse Geschäftsunterlagen durchzugehen und somit nicht viel Zeit. Er machte Kiara mit Handgelenk-Fesseln an der Decke fest und legte ihr ein Zaumzeug mit Nippel- und Schamlippen-Clips an und befestigte Gewichte daran. Dann ließ er sie zwei Stunden mit sich und ihren Schmerzen allein, wobei er nicht vergaß, anzumerken: »Eine Stunde für dein Vergehen, eine Stunde für die Lügen deiner Freundin. Mir wäre es ja auch lieber, sie würde ihre Strafe selbst verbüßen und dir somit eine ganze Stunde Leid ersparen. Dazu war sie aber anscheinend nicht bereit, oder soll ich sie noch schnell anrufen? Ich mache das glatt. Okay, ich merke, du möchtest nicht. Eine komische Freundin hast du da. Meine Freunde und ich teilen alles, sogar ihre Sklavinnen.«

Solange noch die Rosen blühen

Marks Reise

Kiara fröstelte. Und sie schob den Rollkragen ihres Pullis noch ein wenig höher. Ein heftiger Wind wehte, und die Luft war frisch. Auf dem Rasen sammelte sich das verwelkte Laub der umstehenden Bäume.

Mit einer Heckenschere schnitt sie ein paar Rosen, um damit ihr Zimmer zu dekorieren. Sie liebte Rosen, und sie liebte diesen Garten. Vermutlich würden dies nun die letzten Blüten des Jahres sein.

Jeder Schnitt kam ihr vor wie ein Stich ins Herz. Sie war traurig, fühlte sich einsam.

Sie mochte Mark. Und sie mochte auch all das, was er und andere mit ihr anstellten. Er hatte etwas in ihr geweckt, was eigentlich schon immer in ihr war und sie nun nicht mehr missen wollte.

Schreiben war eine ihrer Leidenschaften geworden. Im Sommer hatte sie ihr erstes Buch begonnen. Aber nicht weniger genoss sie es, anderen Lust zu bereiten. Sie lächelte vor sich hin. Was kann schöner sein, als Menschen in jeder Hinsicht Freude zu bereiten? Die einen schätzen meine Essays und vielleicht in Zukunft auch meine Bücher, die anderen meinen Körper und die bedingungslose Art und Weise, wie ich ihn ihnen zur Verfügung stelle.

Doch ihr Herz war gebrochen, denn sie vermisste etwas: Sie vermisste Liebe. Sie wollte nicht nur Respekt, Anerkennung oder gar Bewunderung, wollte mehr als nur Lust spenden und Freude bereiten. Sie sehnte sich nach jemandem, der sie von ganzem Herzen mochte, so, wie sie war, egal, ob sie etwas tat oder nicht, egal, ob sie sprach oder schwieg. Und den sie auch liebte.

Zu Mark schaute sie auf. Alles würde sie für ihn tun. Sie hatte ihn sehr gern, aber sie liebte ihn nicht mit jeder Faser ihres Körpers.

Sie dachte an Alina. Wo sie wohl sein mochte? Ob es ihr gutging? Was würde Ellen wohl gerade mit ihr anstellen?

Eine Träne lief ihr übers Gesicht. Gedankenverloren wischte sie sie weg.

Niemals in ihrem Leben war sie einer Person so nahegekommen, hatte sie sich so verstanden und angenommen gefühlt.

Sie hielt inne und lächelte. Sie erinnerte sich an den Abend, als Michael Alina und sie auf der Party zu einer Lesbennummer aufgefordert hatte. Wie zögerlich sie damit begonnen hatten, weil es für sie beide viel zu intim vor den Zuschauern war. Erst die Peitschenhiebe von Ellen brachten sie dazu, alle Hemmungen fallen zu lassen und sich ganz ihrer Liebe hinzugeben. Echter Liebe. Ein öffentliches Liebesbekenntnis sozusagen. Und sie erinnerte sich an die Wut, mit der Mark am nächsten Tag die Peitsche auf sie niedersausen ließ.

Mark hatte sie vorher noch nie ohne direkten Grund bestraft. Er züchtigte sie, um sie zu erziehen, sie gefügig zu machen, aber er strafte sie nicht sinnlos. Dies schätzte sie an ihm. An diesem Tag machte er eine Ausnahme. Das zeigte ihr, dass er genau verstanden hatte, was zwischen ihr und Alina an diesem Abend gelaufen war.

Mark war konsequent, aber nicht brutal. Von Ellen konnte sie das nicht gerade behaupten. Kiara wischte sich eine weitere Träne weg. Sie mochte sich erst gar nicht vorstellen, wie Ellen Alina am nächsten Tag gepeinigt haben mochte. Wenn Mark Bescheid wusste, dann Ellen erst recht. Ellen wirkte kalt, konnte jedoch die Gefühle anderer lesen. Und für sie musste das Liebesbekenntnis ihrer Sklavin an eine andere Frau und Sklavin eine noch viel größere Beleidigung sein als für Mark. Er hätte sich immer noch einreden können: Kiara ist meine Sklavin, sie ist mir hörig, aber daneben mag sie auch Frauen, und ich, Mark, schaue da gern zu. Aber die Sklavin einer Frau, die eine andere Frau liebt? Die Strafe muss schrecklich gewesen sein.

Ach, Alina! Wie gerne hätte sie sie jetzt bei sich gehabt. Zusammen lachen, reden, kochen, einkaufen, ins Kino oder auch ins Bett gehen. Sich gegenseitig spüren und streicheln. Sosehr sie auch die ihr aufgebürdeten harten Sexualpraktiken, die Unterwerfung unter andere genoss, nichts hatte sie jemals in ihrem Leben so tief berührt wie die wenigen zärtlichen Momente mit Alina. Sie brauchte eben beides: die beherrschende Dominanz eines Mannes und die liebevollen Zärtlichkeiten einer Frau.

Aber was sollte sie tun? Offenbar war es ihr Schicksal. Sie war noch immer ein freier Mensch. Auch für Mark und sie galten die staatliche Rechtsordnung und die Regelungen zur Gleichstellung der Geschlechter. Im Prinzip hätte sie jederzeit gehen können. Aber solange sie mit Mark in Verbindung stand, sich ihm und seinen Bedingungen unterwarf, war sie sein Eigentum. Menschen wie Alina und sie, die anderen mit Leib und Seele gehörten, können sich vielleicht ineinander verlieben, aber diese Liebe wird sich nicht erfüllen. Mark hatte diesen Konflikt gespürt. Er hatte verstanden, dass sie und vor allem ihr Körper an diesem Abend nur einer Person gehörten, und zwar Alina. Und das in einem stärkeren Maße, als es ihm gegenüber jemals war.

Eine Trennung von Mark hätte den endgültigen und vollständigen Verzicht auf Alina bedeutet, eine Konsequenz, die viel schmerzhafter gewesen wäre als all das, was man jetzt für sie vorgesehen hatte.

»Kiara!«

Sie schreckte aus ihren Tagträumen auf. Am anderen Ende des Gartens stand Mark. Unter dem rechten Arm trug er eine Aktentasche, in der linken Hand hielt er einen kleinen Koffer.

»Kiara, ich bin ziemlich in Eile, habe einen dringenden Geschäftstermin in London. Ich komme erst in drei Tagen zurück. Bitte kümmere dich in der Zwischenzeit um das Haus!«

»In Ordnung, kein Problem. Aber ich habe Angst in dem großen Haus so alleine.«

»Michael wird öfter mal nach dem Rechten sehen.«

Sie musste lachen, weil sie genau wusste, wonach Michael dann schauen würde. Also war es wohl angebracht, die Heizung noch etwas aufzudrehen, damit sie nicht jedes Mal so viele Kleidungsstücke ablegen musste.

»Er freut sich schon auf euch beide.«

»Welche beiden? Wer ist denn außer mir noch da?«

Kiara blieb fast das Herz stehen. Waren es die eben

noch vergossenen Tränen, die ihren Blick trübten. Sah sie richtig, oder wurde sie durch etwas getäuscht?

Sie versuchte, sich zu konzentrieren, wischte sich noch mal übers Gesicht, strengte die Augen an.

»Ich muss jetzt weg, Kiara, meinen Flieger kriegen. Wir sehen uns dann in drei Tagen.«

Kiara war sprachlos. Sie blieb wie angewurzelt stehen. Mark setzte sich in seinen Wagen und fuhr los, ohne dass Kiara ihm noch ein paar Grüße oder Wünsche hätte hinterherrufen können.

Langsam löste sich ihre Anspannung, ihre über Wochen aufgestaute Sehnsucht war verschwunden, Rosen und Schere fielen ihr aus der Hand, ihre Beine bewegten sich wieder, langsam zunächst, doch dann umso schneller.

»Alina!« Kiara schrie ihren Namen heraus, und dann liefen sie auch schon aufeinander zu, schlossen sich in die Arme, küssten und drückten sich. Zwei Körper verschmolzen ineinander.

Nach einer Weile löste sich Kiara ein wenig. »Und wo ist Ellen?«

»Keine Ahnung. Mark hat mich heute bei ihr abgeholt. Ellen war in den letzten Wochen sehr brutal und gemein zu mir. Ich glaube, sie hasst mich. Auch sprach sie ständig davon, mich zu verstoßen, ich wäre nicht würdig, ihre Sklavin zu sein. Sie hat gedroht, mich zu verkaufen. Vielleicht bin ich das ja?«

»Du meinst …?« Kiara und Alina grinsten sich beide an.

»Ich weiß es nicht«, fuhr Alina fort. »Ich weiß nur, dass Mark mich heute abgeholt hat. Nur keine voreiligen Schlüsse draus ziehen, denn gesagt hat er mir nichts, und ich wollte ihn nicht gleich provozieren und Fragen stellen. Aber ich kann mir nicht vorstellen, dass Ellen mir einfach eine Freude machen will. Das wäre überhaupt nicht ihr Stil.«

»Komm, lass uns ins Haus gehen und es uns drinnen gemütlich machen. Heute ist es ziemlich lausig hier draußen. Ich möchte unbedingt alles von dir erfahren, wie es dir seit der Party ergangen ist. Mark war zum ersten Mal ziemlich brutal zu mir, dabei habe ich die ganze Zeit an dich gedacht und immer gehofft, Ellen würde nicht ihre ganze Wut an dir auslassen. Dann müssen wir uns wohl auch noch ein wenig vorbereiten. Michael soll nachher noch vorbeikommen, und wie es aussieht, will der uns beide. Da können wir nicht in Herbstklamotten rumlaufen.«

»Mark hat im Auto bereits von Michael gesprochen. Du weißt, dass ich mir überhaupt nichts aus Männern mache. Bei Ellen habe ich das von denen mit mir machen lassen, weil das für sie war. Ich freue mich riesig darauf, von Michael zusammen mit dir genommen zu werden. Bei so was kann ich mich sehr gut fallen lassen. So ist mir das auch schon auf der Party gegangen. Je mehr die uns gemeinsam rangenommen haben, desto näher war ich dir. Auf der Party war da so ein älterer Fettwanst, der hat mich total angeekelt und war äußerst widerlich. Für den war ich fast zu eng gebaut, ich weiß nicht, ob du dich noch daran erinnern kannst, aber wir mussten uns beide nebeneinander vor ihm hinhocken und dann ist der erst in dir gekommen und dann nach einiger Zeit in mir. Für mich war das wie eine Vereinigung mit dir. Ich habe jede Sekunde davon genossen. Schade, dass er nicht noch mal konnte, ich hätte das den ganzen Abend so weitermachen können. Je abstoßender so ein Typ für mich ist, desto mehr kann ich es genießen, weil ich mich dabei umso mehr für dich hingebe und dir nahe sein kann.«

Kiara nahm sie in die Arme und küsste sie auf den Mund. Noch nie hatte ihr jemand ein schöneres Liebesbekenntnis gemacht.

»Ich freue mich übrigens auch darauf, von Michael gemeinsam mit dir gefickt zu werden. Und weißt du auch, warum? Ich fühle mich Michael gegenüber ein wenig verpflichtet. Irgendwie hat der uns ja beide zusammengebracht. Der hat doch als Erster begriffen, was da zwischen uns lief. Ich finde, der sollte ein ewiges Recht auf uns beide haben.«

Alina lachte und küsste ihre Freundin. »Stimmt! Soll er haben. Der darf sich auch bei mir alles holen.«

Im Haus angekommen, zogen sie sich rasch aus, um sich gegenseitig zu schminken, die Haare zu machen, ihre Körperhaare zu entfernen und was es sonst noch bedurfte, um für Michael bereit zu sein. Mark würde es sofort erfahren, wären sie nicht rechtzeitig verfügbar gewesen. Aber beide liebten es ohnehin, sich mit dem Körper der anderen zu beschäftigen. Und diesmal war es besonders reizvoll, da sie nun ungestört dabei von sich erzählen konnten.

Michael traf am Nachmittag ein, um sie beide für etwa zwei Stunden zu benutzen, danach aßen sie etwas zusammen. In den nächsten beiden Tagen wiederholte sich der Ablauf. Mark hatte Kiara einmal erklärt, dass es nicht gut sei, eine Sklavin für mehrere Tage sich selbst zu überlassen. Eine Sklavin müsse regelmäßig beherrscht und benutzt werden. Deshalb würde er stets für einen Stellvertreter sorgen.

In den Nächten schliefen Alina und Kiara eng umschlungen miteinander, wobei sie sich vorher mit den Zungen gegenseitig zum Höhepunkt brachten. Kiara genoss diese Momente, aber sie hatte auch ein schlechtes Gewissen. Am letzten Abend vor Marks Rückkehr, als sie wieder ganz entspannt und schläfrig in Alinas Armen lag, nahm sie sich endlich ein Herz: »Alina, ich muss dich etwas fragen. Da gibt es etwas, das mir Sorgen bereitet. Versteh mich bitte nicht falsch, ich genieße jede Sekunde mit dir. Aber wenn ich von dir zum Höhepunkt gebracht werde, dann habe ich ein schlechtes Gewissen. Ich habe Mark versprochen, alle meine Orgasmen ihm oder den von ihm beauftragten Personen gegenüber abzuliefern. Ich fand es sehr, sehr schön mit dir. Aber eigentlich hätte ich gar nicht kommen dürfen, und ich weiß nicht, was Mark macht, wenn er dahinterkommt. Du scheinst damit keine Probleme zu haben. Hast du Ellen so was nie versprechen müssen?«

»Doch, natürlich. Bei mir war es sogar noch viel strenger. Manchmal nahm mich Ellen einen ganzen Abend vor. Sie stimulierte mich, und ich musste ihr sagen, wie weit ich bin. Wenn ich kurz davor war zu kommen, hat sie aufgehört, ja sogar Eis aus der Tiefkühltruhe geholt, um meine Klitoris wieder abzukühlen. Zehn Minuten später ging dann alles wieder von vorn los. Ein Abend war besonders schlimm. Da hat sie mit zwei Freundinnen die Herr-der-Ringe-Trilogie geschaut und dabei wurde ich die ganze Zeit bis kurz vor den Orgasmus gefingert. Mein Lohn war dann, alle drei zu entspannen. Ich habe mich die ganze Nacht hin- und hergewälzt und auch die beiden folgenden Nächte, war vollkommen überdreht. Wie froh war ich, als ich dann einem Kerl vorgeführt wurde. Ich glaube, der hat sich mächtig gewundert. Der war noch nicht ganz in mir drin, da bin ich schon gekommen.«

»Ja, und warum gehst du dann jetzt so locker damit um?«

»Ach, ich will dich so sehr, und ich nehme mir jetzt einfach mal das Recht heraus, weil ich mich momentan keinem verpflichtet fühle. Eine innere Stimme sagt mir, dass ich nicht mehr die Sklavin von Ellen bin. Und da Mark auch noch nichts gesagt hat, weiß ich nicht, an welche Regeln ich mich halten soll. Aber du hast schon recht. Ich bin egoistisch und bringe dich damit in Gefahr. Wenn Mark rausbekommt, dass wir es zusammen treiben, dann ist die Hölle los. Was hältst du davon, wenn wir uns nur liebkosen und immer nur bis kurz davor bringen. Das bin ich ohnehin so gewohnt. Ich wusste schon gar nicht mehr, wie es ist, nach einem Orgasmus einzuschlafen. Wir haben uns lieb und spielen an uns herum und überlassen ihnen den Rest. Was hältst du davon? Was können wir dafür, wenn wir bei den Kerlen kommen, ist es nicht das, was die immer wollen? Ich stelle mir dann vor, du bist es.«

Kiara war gerührt. Sie küssten sich die halbe Nacht. Und fortan machten sie es genauso wie besprochen.

Marks Rückkehr

Mark kehrte am nächsten Abend zurück. Vorher hatte sich Michael noch ein letztes Mal ihrer bedient. Anschließend legte er ihnen Handgelenk-Fesseln an und befestigte sie an der Decke. Sie trugen lediglich Schmuck, Halsband, Busenkette, Strapsgürtel, Strümpfe und Stiefeletten. So warteten sie auf Mark, der dann etwa eine halbe Stunde später auch eintraf. Mark lächelte gequält, als er die beiden so sah.

»Na, da hat Michael euch beide ja sehr hübsch für mich vorbereitet. Leider bin ich überhaupt nicht in Stimmung. Ich fühle mich, als kriegte ich eine Erkältung. Kopfschmerzen habe ich auch, was ich sonst nicht kenne. Kommt, ich weiß ja nicht, wie lange ihr hier schon so hängt, aber auf jeden Fall reicht es jetzt. Ich löse euch die Fesseln und Ketten. Und dann, Alina, zieh dir bitte ein bisschen mehr an und schau mal, was noch zu essen da ist. Ich nehme erst mal ein heißes Bad, vielleicht geht's mir dann hinterher besser.

Kiara, kannst du dich bitte um mein Bad kümmern? Und zieh dich bitte aus.«

Wenig später lag Kiara mit Mark in der Wanne und massierte ihm den Nacken und die Schultern. Mark schien dabei fast einzuschlafen, so dass sie sich schließlich ausruhte und ihren Kopf an seine Schultern legte.

»Welch ungebührliches Verhalten für eine Sklavin«, hörte sie ihn sagen. »Aber ich merke schon die ganze Zeit, dass du eine Menge Fragen auf dem Herzen hast. Ich bin heute etwas angeschlagen und will mal nicht so sein. Also, schieß los.«

»Entschuldige, Mark, ich habe für einen Moment die Kontrolle verloren. Tut mir leid. Ich hab ein paar Fragen, die mir auf der Seele brennen. Du erinnerst dich an die Party im Sommer, als Alina und ich von Michael aufgefordert wurden, eine Lesbennummer vorzuführen. Anfangs waren wir sehr zurückhaltend, aber dann, nach Ellens Peitschenhieben, haben wir uns gehen lassen. Am Tag darauf hast du mich sehr lange und intensiv bestraft. Für mich war damit klar: Du wirst nicht dulden, dass Alina und ich Gefühle füreinander entwickeln. Ich habe Alina sehr gern, aber für mich stand seitdem fest, dass ich nur noch von ihr träumen kann. Und nun ist sie hier. Hast du deine Meinung geändert? Und warum ist sie nicht bei Ellen?«

»Als hätte ich's geahnt. Kiara, ich mag dich sehr gern, und zwar alles an dir. Du bist intelligent, siehst sehr gut aus, weißt dich zu bewegen und bist willig. Mittlerweile bist du auch sehr gut erzogen. Und was kann sich ein Mann mehr von seiner Sklavin wünschen. Manchmal wünsche ich mir, mit dir ein Kind zu haben, aber vielleicht warten wir damit noch etwas.«

Kiara schmiegte sich etwas fester an ihn.

»Meinen Freunden und Bekannten geht es übrigens ganz ähnlich. Alle sind ganz heiß auf dich. So eine wie dich hatten wir noch nie. Auch ist es noch keiner gelungen, Dr. Feldmann milde zu stimmen. Doch jetzt zu dir und Alina. Ellen und mir war schon länger klar, dass da zwischen euch was läuft. Man musste bei eurer Lesbennummer nur auf eure Blicke achten. Ich will mich nicht zwischen euch stellen, du würdest mich auf Dauer hassen. Das will ich nicht riskieren, denn dafür mag ich dich zu sehr. Ich kann damit leben, wenn du sie mehr liebst als mich. Die großen Gefühle kommen und gehen, ich bin aber nicht der Typ dafür. Bin mehr ein Kopfmensch, noch dazu sehr konsequent und verbindlich.«

»Aber warum hast du mich dann damals so bestraft?«

»Wie gerade gesagt, ich bin sehr konsequent und verbindlich. Ich habe kein Problem damit, wenn ihr euch auf einer Party nach energischer Aufforderung dann schließlich auch so benehmt wie zwei, die sich offensichtlich gefunden haben. Aber Kiara, ich kenne dich nun schon eine ganze Weile. Ich habe dich mehrfach auf der Sybian-Maschine erlebt und sehe dir genau an, wann es bei dir so weit ist. Du bist an diesem Abend bei ihr gekommen, und genau dazu hattest du kein Recht. Und dazu hast du auch heute kein Recht!«

Kiara schwieg.

Mark grinste. »Ich glaube, es wäre besser, wenn du mir gleich alle weiteren Verfehlungen mitteilst.«

»Wir haben in den letzten drei Nächten zusammen geschlafen, und ich bin jedes Mal gekommen«, gab Kiara fast atemlos zu.

»Und was ist mit Alina?«

»Die auch. Aber wir haben gestern Abend im Bett noch lange miteinander geredet und wollen das nicht mehr tun. Ganz ehrlich. Ich schwöre.«

»Was sind schon die Schwüre einer Frau wert? La donna è mobile! Wie auch immer, du musst nichts schwören, was ohnehin einzuhalten ist. Insoweit ist dein Schwur wertlos. Du hast deine Orgasmen bei mir oder bei meinen Freunden abzuliefern, und da gibt es absolut keine Ausnahme. Ich komme nachher noch darauf zurück.«

Kiara musste schlucken. Sie wusste, was das zu bedeuten hatte. Sie durfte nicht erwarten, dass ihr aktuelles dreimaliges und unabgesprochenes Vergehen nun milder geahndet würde als das einmalige fast aufgeforderte Übertreten der Regeln beim letzten Mal.

Als hätte er ihre Gedanken erahnt, sagte Mark: »Aber da ihr euch ja so liebt, komme ich euch entgegen und behandle euch gemeinsam. Das müsste doch eigentlich für euch beide dann ganz leicht zu ertragen sein. Übrigens, Alina ist jetzt meine Sklavin, habe sie Ellen abgekauft. Ich habe vor, euch meist zusammen anzubieten. Aber wie es aussieht, braucht Alina wohl noch ein bisschen Schliff. Vielleicht lasse ich sie mal eine Woche bei Viktor am Hauptbahnhof oder besser noch auf dem Straßenstrich anschaffen gehen, damit sie nicht länger auf dumme Gedanken kommt. Ihr könnt euch natürlich auch die Arbeit teilen, vier Tage du, vier Tage sie. Liebe soll ja Berge versetzen können. Aber eigentlich ist es bereits entschieden. Eine Woche Straßenstrich für Alina. Bei dir bringt das nichts, du hast nichts gegen Männer, und die eine Nacht bei Viktor war offenbar nur eine kleine Aufwärmübung für dich. Alina ist eine Lesbe, für die ist das eine echte Herausforderung. Ist übrigens auch ein Teil meines Vergnügens dabei. Ellen hat sie mir schon ein paarmal angeboten. Ziemlich geil, es mit einer zu treiben, die nicht auf Männer steht.«

Auch wenn Kiara schockiert darüber war, was Mark mit Alina vorhatte und sie ihr schon ganz schrecklich leidtat, musste sie bei seinen letzten Worten doch leicht schmunzeln. Na, wenn du wüsstest, was Alina dabei so alles empfindet und an wen sie denkt, wenn du sie irgendwelchen Männern auf dem Straßenstrich zum Fraß vorwirfst. Unsere Liebe und Hingabe ist stärker als alle Strafen und Qualen, die du für uns vorgesehen hast, dachte sie bei sich.

»Mark, und woher weißt du das mit Dr. Feldmann?«

»Mädchen, die wir bei Dr. Feldmann zur Behandlung abgeben, sind für die nächsten Tage kaum mehr zu gebrauchen. Mir hat er ein Energiebündel zurückgegeben. Was würdest du daraus folgern? So, nun aber genug damit, das Bad hat mir gutgetan. Ruf bitte Alina, und dann bückt euch beide vor mich hin. Ich will mich noch ein bisschen an euch vergnügen.«

Sie machten ihre Sache gut. »Ihr seid perfekt eingeritten. Auf Michael ist Verlass. Keine Ahnung, warum manche Männer ihre Frauen für sich allein haben wollen. Regelmäßige Fremdbenutzung erhöht doch den Spaß an ihnen!«

Am späten Abend befestigte Mark die beiden wieder so an der Decke, wie er sie nach seiner Rückkehr vorgefunden hatte. Allerdings trugen sie nun weder Schuhe, Strümpfe noch Strumpfhalter. Zwei Stunden lang widmete er sich ihnen. Zum Schluss brachte er sie noch jeweils dreimal bis an den Rand eines Höhepunktes, um sie schließlich von den Fesseln zu befreien. »Das werdet ihr in Zukunft jeden Abend vor mir selbst machen, damit ihr lernt, was sich gehört und wann ihr mit euren Zungen oder Fingern aufzuhören habt. Auf Partys möchte ich mich nicht wieder mit euch blamieren müssen. Ich bin euch sehr weit entgegengekommen, und zwar weit über das hinaus, was Sklavinnen normalerweise zugestanden wird. Bitte enttäuscht mein Vertrauen nicht. Eure Sexualität gehört ausschließlich mir und den Personen, denen ihr zugeführt werdet. Es wird kein Pardon mehr geben. Und nun ab ins Bett mit euch.«

Er gab ihnen jeweils einen festen Klaps auf den Po. Kiara liebte es, wenn er so war. Sie fühlte sich dann immer ganz besonders weiblich. Seine gleichzeitige Dominanz ihr und Alina gegenüber verstärkte dieses Gefühl noch. Ein Mann, der sich gleich zwei Frauen als Sklavinnen hielt, musste ein sehr starker und männlicher Mann sein, und das machte seine Frauen automatisch weiblicher.

»Ich hoffe sehr, dass es in den nächsten Wochen mit euch deutlich besser läuft. Und ich habe anderes zu tun, als mich um euren Weiberkram zu kümmern.« Mit diesen Worten ließ er sie zurück.

Alina lachte. »Keine Sorge, er muss sich nicht mehr um unseren Weiberkram kümmern. Kiara, mein Traum war es immer, mit einer Frau zusammen und zärtlich zu sein, vielleicht sogar einmal mir ihr gemeinsam Kinder großzuziehen, den ganzen Tag Weiberkram zu machen. Ich finde das auch nicht unwichtiger als das, was die Männer machen. Aber wenn der Preis dafür ist, dass ich die Kerle ein paarmal am Tag ranlassen muss, dann will ich das liebend gern auf mich nehmen.«

Kiara und Alina umarmten und küssten sich. Dann sanken sie völlig erschöpft ins Bett. Alina wollte noch ein wenig Kiaras Körper liebkosen, aber diese schob ihre Hand zurück. »Bitte nicht, Liebstes, ich komme sonst sofort, schon eine falsche Bewegung und es ist so weit. Und du weißt, ich würde es Mark doch wieder erzählen. Hat keinen Zweck, und ich glaube, es ist auch besser so. Lass uns nur noch zärtlich miteinander sein.« Während sie sich intensiv küssten, spürte Kiara eine tiefe Zufriedenheit und auch Kraft in sich. Sie wollte schreiben, sich ausdrücken. Und sie wollte mit ihrem Körper anderen Menschen Lust bereiten. Doch in Zukunft würde sie dabei nicht länger einfach nur Objekt sein. Andere würden all das mit ihr tun, was ihr unmittelbar verwehrt blieb. Jedes Eindringen in ihren Körper würde für sie nur eine weitere Liebkosung Alinas sein. Sie würde sich anbieten und öffnen und dabei Liebe geben und empfangen. Ein tiefes Gefühl des Glücks erfüllte sie. Und eng an Alina geschmiegt, schlief sie schließlich ein.